ハヤカワ文庫 SF
〈SF2321〉

最終人類
〔下〕

ザック・ジョーダン
中原尚哉訳

早川書房
8640

THE LAST HUMAN

by

Zack Jordan

Translated by
Naoya Nakahara
First published 2021 in Japan by
HAYAKAWA PUBLISHING, INC.
This book is published in Japan by
arrangement with
INKWELL MANAGEMENT, LLC
through TUTTLE-MORI AGENCY, INC., TOKYO.

最終人類
〔下〕

登場人物

サーヤ……………………………人類

マー………………………………リプタイド号の乗員。ストロングアーム類

サンドニバス（サンディ）……リプタイド号の乗員。マーの養女

ロシュ……………………………リプタイド号の乗員。アンドロイド

エース……………………………ヘルパー知性体

イレブン…………………………自律型与圧スーツ

右
左 }……………………………集合精神に加わる前のオブザーバー類

ライブラリアン類………………液体金属生物

オブザーバー類…………………集合精神

第三階層（承前）

23

　サーヤはイレブンの内部でストラップに吊られていた。固いブーツの留め金に手こずりながら、この十分間で三回目の話題を怒りとともに蒸し返した。

「彼女はどうしてああなの？　第三階層だから？　それとも独占欲が強いだけ？　どういうこと？」

　イレブンは答える。

『あなたのほうがよくわかるでしょう。わたしは法定外です。これが生き方です』

「生き方？　でも……ちがうでしょう。全然！」サーヤは叫びそうになる。

『そう思いますか？　朝いつものように衛生設備を使う前後でもおなじ結論に達しますか？』

「またその論法ね」サーヤはイレブンの知性コアがあると想像する方向を指さした。「でもいい？　それはちがう。衛生設備は頭が悪くて、歯磨きさせるとかならず出血するくらい。まして会話なんてできない。それに……それに……」

『人類を出し抜くこともできない？』

サーヤは手をぱちりと叩いた。

「それよ、もちろんできない。衛生設備に命を救われたことがあると思う？　ないわ。それに対してあなたにはしょっちゅう救われた。やっぱりあなたは……なんていうか、ちがうのよ。特別」

『わたしは与圧スーツです。これが仕事です』

「この関係を支持してるの？　正しいと思ってる？　サンディに所有され、命令されて——」

『二日前にロシュとここにいるのを彼女にみつかりました』

イレブンにさえぎられて、サーヤは黙った。怒りをかき立てようとするが、好奇心のほうがまさる。

「というとつまり——」言葉を探す。「——なにか悪い相談でも？」

『ただの友だちです』イレブンは急いで答えた。

サーヤは眉を上げた。注意をそらすつもりなら効果的だ。

「かえってあやしいわね」

『わたしの重力装置を改造したいとのことでした』

今度は口の端が吊り上げられるような不慣れな感じがした。ロシュの手で口を押さえて咳払い。

「それはなんというか……大変なことに思えるけど」

イレブンはしばらく黙っていた。

『大きな進歩になるでしょう』

「そうね」サーヤはまじめな顔で言った。「わたしが……最初にだれかに重力装置をいじらせたときは――」咳払い。「――いろいろと変わったわ」

『なるほど。気にいったのですね』

「やきもちはやめて」サーヤはできるだけさりげなくロシュの手を握ったり開いたりした。

「彼はまず最初にわたしをいじったのよ」

『なにをしたいのかわかります』

「いまでは彼を自分の一部のように感じるわ」手をさまざまな角度から見た。つくり笑いのしかたを忘れているが、まじめな顔を続けるのも難しい。「もちろんこれは重力装置じゃないけど——」

イレブンの奥のほうで低いうなりが起きた。低周波で、サーヤの奥歯を鳴らすほどだ。

『わたしの重力装置をネタにするのはやめませんか』

「先に重力装置をネタにしたのはどっちだと……待って、やめて！」イレブンのハッチが開きはじめたので、サーヤは奥へ逃げた。「もう言わないから。絶対」

イレブンはハッチを閉じた。

『いいでしょう。本当のことを話すと、ロシュはわたしが知性試験を受ける準備を手伝ってくれていたのです』

サーヤは驚いてまばたきした。

「つまり……知性階層を調べるの？」

『そうです。ロシュはわたしが法定内知性体になれると考えています』

「だからサンディはやめさせようとしてたのね。もしあなたが法定内になったら——」

『サンディはわたしを所有できなくなります。だれもわたしを所有できない』

「法定のイレブン。それは……」

『それは、なんですか？』イレブンは鋭く訊いた。

「……すばらしいわ！　だって、わたしより高階層かもしれない。わたしは種属のデフォルト値しか認められないから。つまり頭が悪いってこと」

イレブンの次のメッセージには少々とげがあった。

『一・七五より下ですか?』

「ちがう。そういうわけじゃ……ないけど……でも……」

サーヤは息をついた。イレブンの傷つきやすい階層意識をまたしても刺激してしまったようだ。あやうい領域に近づいていた。

『わかりました。話したくないのですね』

「そうじゃないのよ。というか、イレブン、ここへ下りてきたのは――」

ふいに、氷と水におおわれた貨物ベイのようすが見えなくなった。全周ホロ映像が消えたのだ。継ぎ目のない滑らかな内壁を見まわしながら、どうしようかと考えた。与圧スーツを……怒らせてしまったのか。なにか声をかけるべきなのか。

しかし実行するまえにホロが復活した。

胃がひっくり返りそうになった。薄暗い水びたしの貨物ベイではない。真っ赤に燃える恒星の上に浮いている。空の四分の一以上を火球が占めている。会話は終わりという意味か。

目を細めて紅蓮の炎を直視した。太陽だ。ウォータータワーで太陽と呼ばれていたのとおなじ恒星だ。その軌道上でずっと暮らしてきたが、ホロ映像のなかの鈍い赤い点として見るだけだった。ここにはほかにもたくさんの星が輝いている。異様なほど密度が高い。なぜか太陽とおなじ色をしている。群れをなしている。集まって輝いている。それどころか動いている。奇妙だ——そう思ったあとに、星ではないと気づいた。

宇宙船だ。

これらは船なのだ。ここは十二光年の範囲でもっとも大きく混雑した転送通路がある。星間空間を何十年もかけて渡るのでないかぎり、この星系の出入口は一ヵ所のみ。それがネットワーク通路だ。そのなかでのリプタイド号は、無数の粒子がつくる雲の一個の粒子にすぎない。ネットワークの口へ吸いこまれる大群のなかの一隻。

「きれい……」サーヤは言った。

『恐ろしい眺めです』

サーヤは群れをあらためて見て、正常な精神の持ち主がなぜこれを怖がるのかと思った。

「これこそが……ネットワークよ」

スーツは低くうなった。

『これこそがネットワークです。あなたはネットワークをなにも知らない』

「なにを言ってるの」サーヤはスーツの内壁を肘でつついた。法定内の相手にやるように……とスーツがわかってくれるのを期待した。「専門家ぶらないで。きっと転送されたことがないのね」

『わたしが低階層だから、ですか？』

しまった。

「いえ、そういう意味じゃ……」

『転送なら何度も経験しました。あなたも数分後には考えが変わるでしょう』

スーツはサーヤの反論をさえぎるように、ふたたびホロ映像を切り替えた。サーヤは息をのむ。視点が急速に移動し、船から離れて、宇宙に浮かぶ逆さまのブロックのようなものに変わった。太陽とは反対側で暗い。しかしそこに開いた放熱窓はイレブンのフィルターを通しても明るく輝いている。

「醜い船」サーヤはつぶやいた。

『まったくですね』

「ところでこの映像はどうやって見てるの？」

『うしろのタグボートと親しくなって、そのセンサーを借りています』

アーニー先輩が割りこんだ。

「さあ、もうすぐじゃぞ！　わしらの転送枠まであと十秒。黒焦げになるのとどっちが早いか。じゃが忘れるな。こっちにゃアーニー先輩がいる！　さあ、みなの衆、柔らかいものにつかまれ！」

低い周波数の振動が長く続き、サーヤの奥歯が鳴って、涙が出てきた。そして船の重力場が最大になった。視界はイレブンが安定させる。リプタイド号は宇宙船の輝く雲から離れ、同時に回転しはじめた。サーヤは内臓があちこちへ引っぱられるのを感じた。リプタイド号の重力装置は船内のあらゆる粒子にくわわる加速度を均等にしようと律儀に努力している。

「おかしいわ」サーヤはさだまらない手で指さしながら、苦しい声で言った。「どうしてわざわざ回転するの」

アーニー先輩がたてる奇妙な声に、イレブンのホロは《笑い》のタグをつけた。

「わかるか？　つまりじゃな、均等に放射熱を浴びて均等に日焼けしようってことじゃ。片面がきれいでも、反対が黒焦げじゃまずかろう」狂気を感じさせるような笑い声。「さあて、基盤を操作するのは数十年ぶりじゃ！　二台のタグボートを反対むきに溶接したみたいなものじゃからな！」

サーヤの注目は回転する船から、太陽の中心にある小さな黒い点に移った。それがだんだん大きくなるのを見て不安になった。まるで太陽を内側から食う癌細胞のようだ。骨を震わせる数分間のうちに、巨大な火球は炎の輪だけになった。ときおりプロミネンスが炎の川のように宇宙に噴き出す。

まわりにあるのは何千個という幻想的な輝きだけ。アーニー先輩の仲間たちが船の重力場を最大にしてステーションへの帰路をたどっている。サーヤの視野では無数のアイコンが見える。すれちがう船のなかで回転しているのはリプタイド号だけだ。

トンネルの円錐形の影にはいった。もうすぐ入り口だ。大きさの見当がつかない。そこへかぞえきれないほどの船の大群が突進していく。縁に近づくと数百万個、数十億個という光がまたたいている。円弧を描いているが、大きすぎて近くでは直線に見える。これらはブイだ。都市くらいもあるドローンがこうしてトンネルを開き、ネットワークを維持している。

この巨大な光の輪のあいだが境界面だ。ここで実空間が終わり、亜空間がはじまる。サーヤは思わずしりごみした。すこしでもトンネルから逃れようとする。イレブンの恐怖がすこしわかった。トンネルは黒ではなく……形容しがたい。怖い。見ていると脳が痛くなる。なのに目をそらせない。

これがそれだ。ずっと昔からそばにあったもの。文明の発祥。ネットワークだ。銀河全体を結ぶはてしない情報網。あらゆる市民種属が死守し、候補種属が獲得をめざす五億年来の基本的人権。この時空の巨大な亀裂において自然界の法則は破れ、光速は意味を失う。船もデータも万物がひとかたまりになって無と化す。そして十億のトンネル出口の一つに導かれて銀河の果てに出る。この巨大な構造が文字どおり銀河の社会をつないでいる。リプタイド号は境界面に接触すると、ものの数秒で蒸発するはずだ。そして計測不能の……無に変換される。

サーヤは無意識のうちに大きく口を開いて絶叫していた。

訛りの強い声が聞こえる。

「みなの衆、非実在を経験したことがあるか？」呵々大笑。「目ん玉をひんむけ！　ここからが見どころじゃ！」

はいったのとおなじように、亜空間から出た。サーヤは大きく口をあけ、肺は大声をあげる準備をしていた。しかし叫びは驚愕の息に変わった。

『**抜けました**』とイレブン。

サーヤは透明に見えるスーツの内壁に目を奪われたままだ。荒い息をつき、心臓は破裂しそうだ。

「ええ、わかるわ」

実際にはわかっていない。頭は混乱している。見えているものが理解できない。はじめは白い霧のなかにリプタイド号が浮かんでいるように思えた。霧はゆっくり動いている。ほとんど止まっているようなスローモーションの渦を巻く。ふいにその霧が拡大されて見えはじめた。船外にあるのは霧ではない。粒子の一つ一つははるかに巨大だ。揺れる無数の光の点。あらゆる色だが、まざって白い光のもやに見えている。

アーニー先輩が宣言する。

「淑女と紳士と毛玉と怖いアンドロイドと法定内と法定外の知性体とその他もろもろの諸君。紹介しよう。これがわしの仲間じゃ！」

「船なんだわ。光の点はそれぞれが一隻の船」サーヤはつぶやいた。

『一隻の船ではありません。ホロ映像の解像度が不足しているだけです。一つの光の点は場合によって百万隻の船をあらわしています』

一個の点で百万隻。サーヤは言葉が途切れがちになった。

「そんなにたくさん……そんなに……」

『そうです』

想像を絶する。思考力の限界を超える。しかし口を半開きにしてしばらく眺めているうちに、奇妙に見覚えがあることに気づきはじめた。

「舞台裏だわ」

『というと？』

光の群れから目を離せない。無数の光の点が意思を持って動いている。衝突も接触もしない。

「ウォータータワーのこういうものをそう呼んでたの。舞台裏と」サーヤは小声で言った。大きな声を出すと、この巨大で精密な振り付けを乱してしまいそうな気がする。「そこを使ってステーションの二地点間をだれにも見られずに移動できた。たくさんの知性体が働いている場所。そこの動きにそっくり。いっせいに、まるでひとつになったように。何千といたわ。みんなつながって、巨大な一つの精神のようだった」

イレブンは嘲笑まじりにうなった。

『何千ですか。こちらは何兆ですよ。しかもブラックスター本体はのぞいて』

ブラックスター本体。目的の場所だ。霧に目を凝らして探した。さすがに点より大きいだろう。ステーションなのだから。ウォータータワーの何倍もあるはずだ。しかし何兆もの点から探すとなると……。

アーニー先輩がしゃべりだした。

「さあて、おまえさんら矮小な精神には信じられんじゃろうが、じつはトンネルの入口よりも恒星のそばにいるぞ。このちっちゃい時空のポケットで唯一の恒星じゃ。低階層の頭では中継ステーションとでも考えておけばよい！」

しかしサーヤには恒星など見えない。無数の光の点だけだ。

「恒星のすぐそばにいるっていうけど……」

『なぜ見えないのかと？』

「そうよ。だって太陽は大きいものでしょう。ここの恒星は……もっと大きいはずよ」

『まるで真の高階層者のように語彙が単純ですね』

サーヤは反論しようとしたが、またしてもホロ映像が変化して出鼻をくじかれた。漂流する無数の光の点に解説用の図形が重ねられていく。マーカーがあらわれ、ラベルが表示される。いくつも描かれた円形のハイライトは、べつの亜空間トンネルの入り口だ。いま自分たちが出てきたのとおなじもので、球の内面に並べたように整列している。球の大きさは想像もつかない。その中心にべつの線が描かれていく。いや、円だ。これも巨大すぎて全体がわかりくい。実際にはもう一つの球。それが真正面にある。大きすぎるせいで、首をそらして見まわさなくてはいけない。その表面に活動するかすかな線がある。この巨大な輝く球から、何百という亜空間トンネルへ強い光の線が伸びている。

「これが恒星？　ブラックスターはステーションだと思っていたんだけど」

『両方です』とイレブン。

頭のなかでなにかがつながった。

「まさかステーションは──」

『──恒星をかこんで建設されています』

「なんですって?」

スーツが低くうなる。

『これがネットワークです』

そのことへの感想はない。サーヤの頭ではべつのことが気になっていた。

「そこの……人口は?」

イレブンは低い音をたて、しばらくして答えた。

『三千兆人ですね。これでもネットワークの末端にある小規模なものです』

「三千兆人……」

『この程度で驚いていたら、大規模ステーションを形容する言葉がなくなりますよ』

茫然としたサーヤを無視してイレブンは続けた。解説の線はさらに伸びて文字が追加されていく。

『ブラックスターが多数の恒星系をつないでいるように、ブラックスター同士をつないでいるステーションもあります。上のほうに最大のトンネルがあるでしょう。あれが、この

ブラックスターとここにつながる恒星系を、ネットワークに接続しています。あのむこう側では、このブラックスターが小惑星程度に見えるはずです。しかし、よほどの高階層者でないと行けませんし、おそらく理解もできないでしょう』スーツはうなる。『**あなたより高階層でも無理です**』

皮肉はサーヤに通じなかった。聞いても頭が処理できない。三千兆人……三千兆人……。またアーニー先輩がなにかしゃべっている。しかしそのうるさい声もいまは遠い騒音だ。今後の予定やスケジュールを伝えているのだろう。言葉のリズムだけで、意味は頭にはいってこない。いまはリプタイド号のまわりのほのかな輝きしか目にはいらない。太陽の何倍も大きな球だ。

このどこかに……三千兆人のなかに、探し求める一人がいる。

たぶん。

イレブンのストラップの一本がサーヤを元気づけるようにその肩を握る。

『**怖くなりましたか？　わたしもいっしょに行きます。サンディが行かせてくれたら、ですが**』

サーヤは無言のままだ。三千兆人。いや、怖いのではない。

絶望したのだ。

（以下はオリジナルのネットワーク記事をみなさんの階層にあわせて大幅に要約したものです）

ネットワークの焦点――ブラックスターに注目

銀河で唯一正統な超光速システムであるネットワークは、信頼性が高く、遍在し、使いやすいおかげで、最初から存在していたように思いがちです。じつは最初のブラックスターがオンラインになったのは五億年前にすぎません。以来短期間のうちにネットワークは成長し、一個のステーションから亜空間を介して百万個のブラックスターをつなぐ巨大構造に成長しました。

すごいと思いませんか？

全体像が思い浮かばなくてもしかたありません。第四階層未満には無理です。それでも、どんな階層の市民でも考えたことがあるはずです。ブラックスターは具体的にどうやってつくられたのだろうと。

小型ブラックスターのつくり方（簡単な五つの手順）

ステップ１
ふさわしい恒星系をみつけてください。恒星は小型から中型（直径百五十万キロメートル前後）で、その十分の一以上の質量を持つ惑星系が必要です。

ステップ２
星系内の物質で恒星を完全にかこんでください。恒星の出力を百パーセント捕獲するためです。[*1] これはステップ４で必要になります。

ステップ３
この構造全体を独立した時空のポケットにいれてください。[*2] まわりに広い空間をもうけることを忘れずに！　数兆隻の船を停泊させる場所が必要です。直径一億五千万キロメートルくらいあればいいでしょう。

ステップ４
これで恒星は実空間の泡につつまれて亜空間に吊り下げられた状態になりました。ここからが本番です。一次亜空間トンネルを開いてください。[*3] これはネットワークのバックボーンを構成する巨大なルートステーションの一つへ至るトンネルです。これがないとただの巨大宇宙ステーションにしかなりません。

ステップ5

あとは恒星のエネルギーと、ネットワークとの広帯域接続を使って、近傍の市民星系へむけてトンネルを何本でも自由に開いてください！

これでできあがりです！　難しそうですか？　あなたの階層の精神では不可能に思えるでしょう。しかしネットワーク運用を担当する高階層の知性をもってすれば簡単です。いまも毎日銀河のどこかで、たくさんのネットワーク亜空間トンネルが開かれ、商業利用がはじまっています。いずれも想像を絶する量のトラフィックが物理的にも情報的にも流れています。唯一の公認超光速《FTL》旅行手段であるネットワークは、みなさんの大切なものを目的地へ届けます。

A地点からB地点への最短距離はつねにブラックスター経由。これをお忘れなく。

エイヴテックは、

よりよい明日のために今日の現実を改善します。

＊1　この出力の大半はのちに低スペクトル放射としてブラックスターから放出されますが、そのまえに驚異的な仕事をします。

＊2　銀河の初期の教訓にもとづく安全対策です。安全上の理由から、ネットワークを経由せずにブラックスターへ接近することはできません。

＊3　これは何世紀もかかる作業なので、なるべく早くはじめることをおすすめします。

24

『全員、下船しました』

ヘルパー知性体に教えられても、サンディはベッドの上で微動だにしなかった。そのメッセージはバックログにまわし、山積みの未処理スタックの最下段にいれた。おかしなパイロット知性体からも二件メッセージが来ていた。まもなくブラックスターにドッキングするという通知と、ドッキング完了という通知だ。ストロングアーム類からは十五件。いずれも父性愛からの心配するメッセージだ。ドアからの通知は三件で、どれに対しても無回答。訪問者はすべてストロングアーム類で、ブラックスターへの上陸希望を訊きに立ち寄ったという。その上にもう一つ、最古のメッセージがある。

『おまえはおれの死神だな』

そこに陽気な愛情をあらわすタグが添付されている。

フッドが送ってきた最後のメッセージだ。

サンディはため息をついた。そうする理由は自分でもわからない。フッドは死んだ。考える必要はない。なのにここでフェイスプレートを眺めてしまう。それどころか思い出にひたっている。

命令の冷酷な執行者だったフッド。きびしい倫理観によって行動し、その点で称賛にあたいしたフッド。そしてサンディの疑念の正しさを証明したフッド——すなわち、狭くて安全な学院で教えられたのとちがって、ネットワークは理論どおりの完璧な構造ではないということだ。学院の講師は、ネットワークは秩序を指向すると言った。フッドは、ネットワークは穴だらけだと言った。無秩序なメンバーで秩序をつくらねばならないネットワーク。その辺境の星系は一筋縄で統制できない。このようにネットワークの影響力の弱いところに、不満をかかえた市民メンバーは集まる。無秩序な人々はルールに反発するが、暗黒の星間空間にむきあう勇気や愚かさは持たない。ひたすら野蛮で勇猛。ネットワークの辺境にできる炎症のようなものか。

それを癒やす薬がフッドのような傭兵だった。

部屋の壁からこちらを見つめる四眼の穴にサンディは惹きつけられた。この七年間にかかわったさまざまな知性体のなかで、いちばん興味を惹かれたのが彼だった。フッドのことは、ストロングアーム類のマーより先に知っていた。マーのこともその腕に抱きかかえられる一年前から知っていた。どちらもサンディの計画で使うために、銀河に匹敵する巨大な可能性のプールから引き出した道具だった。マーは特別な名声もリソースも持たない、たんなる本能と筋肉の塊だ。しかしフッドは……ちがった。

彼の生活を破壊するのに一年かかった。

慎重に計画し、現象を操作した一年だった。目標地点はつねに一つだった。その起点は次席生徒と呼ばれたときだ。あの夜から脱出計画に使える道具を探しはじめた。まる一日かけて彼を探し出した。六十光年離れた繁栄する星系に住む数十億人のなかから、一人を見いだした。翌日には彼について知るべきことをすべて知った。それから一年かけて、彼が持つ三隻の船、十人の従業員、相当なクレジット残高をほとんど雲散させた。

フッドにとっては最悪の一年だった。従業員は他社に引き抜かれた。ありえない原因の事故で船一隻を失い、想定外の負債のためにもう一隻を売却せざるをえなくなった。情報にも振りまわされた。金を渡した情報提供者は失踪し、自分のヘルパー知性体は面会予定や連絡先を忘れた。本人は知るよしもないが、一連の不運はすべて上位の精神が彼を呼び寄せるためにやっていることだった。事前準備だ。悲惨な一年のあとにストロングアーム類の小さな中継ステーションにやってきた彼は、船を一隻しか持たず、精神的に追いこまれ、運を変えようと躍起になっていた。

義務感。それがフッドの精神の鍵だった。頑固でおのれの正義を絶対に曲げない。そんなフッドを腐らせるには一年分の不運が必要だった。最悪の一年によって、強力無比だった倫理観もすこしだけゆがんだ。おのれを救い、おのれの義務を果たしつづけるために、昔なら一顧だにしなかったはずのことを考えた。

すなわち、第三階層の思考者の誘拐だ。

もちろん誘拐とは本人は思っていなかった。腐ってもフッドはそんなことをしない。たんなる実入りのいい長い寄り道の末に、サンディの学院へ来ただけだ。サンディをしばらく船に乗せてやることが自分の義務だとフッドは考えた。サンディはうまく手を貸し、助長して、フッドにさらなる義務を果たさせた。もちろんそれは善行だった。こうしてフッドはサンディの救い主または保護者になった。ストロングアーム類のマーは船室で仮死状態の眠りについた。

簡単ではなかった。この賞金稼ぎの頭にサンディを学院へ返すべきではという考えが浮かぶたびに、サンディは正義をなすべき悪をみつけてやった。フッドにとってサンディはつねに驚異だった。想像を超えた手際でネットワークを検索する。一瞬でクロスリファレンスし、なんでもなさそうなデータの山から否定しがたい問題の証拠を抽出する。提示される手がかりがフッドには奇跡に見えた。サンディはかけがえのない仲間になった。協力して仕事を片づけるたびにクレジットの残高は増えた。

フッドを擁護するなら、サンディと組んで建設的なこともいろいろやった。たとえば、通信機能が故障した法定外のシャトルを、フッドとサンディはいち早く発見してステーションへ曳航した。法定内知性体の悪徳グループが精製工場の技術部門にスラム街をもうけているのをみつけて、フッドが突入して労働者を四人ずつ救出したこともあった。なかでも派手だったのは、ある星間船が星系の外縁に接近した事件だ。その船を制御しているのは登録されたネットワーク知性体ではなく、自家製のＡＩだった。現場にいたフッドとサンディが詳細に報告したおかげで、ネットワーク防衛システムが侵入者を手早く始末できた。そのようすを眺めるフッドの思いが、サンディには手に取るようにわかった。ネットワーク市民メンバーとしてたしかに義務を果たした。

しかしそんな日々は長く続かなかった。

最後に会ったとき、フッドは貨物ベイにいた。基地から一光秒先まで追跡して捕獲したばかりの大型与圧スーツの点検中だった。スーツは法定外で、重窃盗ばかりやる悪徳アンドロイドと組んで悪事を働いていた。アンドロイドは強制停止され、盗品のアンドロイド部品の山とともにベイの隅に寝かされた。

フッドはサンディに背をむけたまま、与圧スーツの輝く曲面に長い腕を添わせていた。

『このシリーズ11はおれのにする。所有者は賞金を払って取り返すより、格安で売り払いたいらしいからな』

『お買いになったの？』

サンディは驚きの感情タグをつけてメッセージを送った。しかしそんな演出をしなくても真相をさとられる気づかいはなかった。フッドは自分が買ったと思っている。しかし実際はちがう。サンディがフッドの心理とそのクレジットを手玉にとって買わせたのだ。

背をむけたままフッドは言った。

『いい買い物だ。物理的な故障はどこにもない。精神は……まあ、法定外の思考は似たりよったりだ。まえの所有者がいいかげんな命令ばかりしてたんだろう』

そうではないが、サンディは訂正しなかった。ネットワーク広しといえども、似た精神など一つもない。構造があきらかに異なり、行動を起こさせる影響や動機のスイッチも独特だ。それらこそが目的のことをやらせるのに必要なものなのだ。命令ではなく動機だ。自発的に決断し、行動していると思わせる。そうすれば銀河の果てまでもその目的を追求する。命じるのではなく触発する。強制ではなく選択させる。誘導、入力のフィルタリング、思想の植えつけ、心理状態のゆるやかな操作……。それが知性体の制御法だ。

その好例がフッドだ。

『そろそろおれはこの星系を出ようと思う』フッドが言った。

サンディは答えなかった。すでに飽きていた。ここでこの会話をすることはずっと昔から予定されていた。それでも予定どおりの会話をしなくてはならない。

『故郷の星系に帰る』フッドは続けた。そして自分の運命を決定づけるメッセージを送った。『そのまえにおまえを学院へ送り届けようと思う』

『学院には帰りたくありませんわ』

サンディは答えた。言って状況が変わると思っているわけではない。そう言うだろうとフッドが予想しているので、そのとおりにしただけだ。

『わかってる』フッドはため息をついた。『おまえとは実り多い協力関係だった。やりがいもあった。しかし……まちがってる。おまえにはおれなんかより大きな未来がある。引きとめるのは利己的だ』

サンディは長く沈黙した。ショックを受けているふりをした。どちらの立場の発言もずっと昔に予定したとおりのやりとりであることは、おくびにも出さなかった。

『では、最後にもうひと働きしていただけませんか。袂を分かつまえに、あと一つだけいっしょにお仕事を』

フッドはようやく振り返った。機械のきしみで床が震えた。この床はまもなくサンディの所有物になる。燃えるような四眼の視線をむけるフッドの顔をおおったフェイスプレートは、まもなくサンディの壁にかかることになる。

『場所は？』

『ウォータータワーというステーションですわ』

ウォータータワー・ステーション。この星系に十万カ所くらいある採掘拠点の一つ。退屈で平凡で、フッドが関心を持つような場所ではなかった。しかしいま、階層非公開ながら確実に高階層のある人物が、そこに触手を伸ばしている。ネットワーク詐欺がからむきわめて危険な計画がそこで動いている。偽情報で登録された個人を、殺戮衝動を持つ保護者から奪還して、顧客のもとに返さねばならない。困難を乗り越えて不正をただすのだ。金銭報酬もある。まさにフッドが魅力を感じる種類の任務。そしてかなりの幸運を必要とする任務。

その幸運が尽きていることを、フッドは知らなかった。

運とはそういうものだ。来ては去るもの。じつはその源泉があることを低階層者は知らない。反抗的な傾向を秘めたスーツをサンディへの相談なく直前に購入したのは、不運だろうか。そのスーツを危険な任務に使ったのは、不運だろうか。スーツの知性をおとしめる会話をその面前でしたのもそうだろうか。

つまるところ、どんな精神にも性質があり、これらは一定の方向性を持つ。反抗的なスーツが命令を回避する抜け道をみつけたとき……危険に遭遇した子が親のところへ逃げ帰ったとき……その親が子を守ろうとするとき……強い倫理観に縛られた大柄な賞金稼ぎがミッション中止を拒否するとき……。どの精神もそれぞれの性質にそって行動する。

サンディ自身もそうだ。なにも知らない傍観者としてふるまう。フッドが運命に呑まれるときも、律儀にリプタイド号の貨物ベイで氷を運ぶローダーを誘導している。まもなくパートナーを失い、フッドの船と相当なクレジット残高を相続することをじつは予想ずみだとは、第三者の目には見えないだろう。

ところがウォータータワーでのミッションの展開は、サンディの想定どおりにはならなかった。うまくいきすぎた。予想しない方向へ事態はエスカレートした。次々と新しい出来事が起きて、新たなプレイヤーが参入した。ステーションでは噂が広まってあらゆる通路でパニックが起きた。噂から周知の状況になると、ドッキング待機列の先頭にブレージングサンライト号という船（しかも第四階層！）が割りこんできた。さらに巨大な氷塊船の一隻が制御を失ってゆっくりと回転しはじめた。

サンディは目を丸くしてその推移を眺めた。大きすぎる成功に圧倒された。一連の出来事の引き金を引いたのはまぎれもない自分、サンドニバス・インネ・メッラだ。止めようがないと感じた。不可避だ。絶対的な自然の力がなせるものだ。

パートナーの不慮の死という理由で顧客との契約を破棄したあとは、ついつい歓喜の感情タグを添付しそうになる自分を抑えなくてはいけなかった。しかしストロングアーム類のマーが仮死状態で眠っている部屋に来ると、もはやよろこびを抑えきれなくなり、踊るようにその毛むくじゃらの体によじ登り、その胸についた蘇生デバイスを操作した。

『ここはどこだ?』マーはまだ眠たげに尋ねた。

その目の焦点があいはじめると、サンディはじっとした。毛はあちこち乱れている。震えてマーの胸の上に立ち、せいいっぱい純真な演技でまばたきした。

『ああ、よかった。とても怖い思いをしたの』

そんな勝利の絶頂においても、緊迫した瞬間があったのはたしかだ。この自分が運に翻弄されているのではと疑った刹那があった。与圧スーツがなぜかうまい具合に、フッドではなく作戦目標を乗せて帰ってきたときだ。顧客に報告のメッセージを送ったときも緊張した。しかし顧客から大きな反応はなく、安堵した。

結局、運には翻弄されなかった。いいことだ。

とはいえ。

ほっと息をついた。もしも運が迫っていたのなら、あやういところだった。

フッドが死んで以後は、自分の気のゆるみが心配だった。隠れ蓑にしている無知の賢者の役柄をときどきしくじりそうになる。賞金稼ぎが一度ならず夢に出た。その重い足音を聞き、溶剤のにおいをかぎ、炎のような視線を感じた。なにより失敗が増えた。招かれざる客である人類をどうにかしようと、ウォータータワーから離脱してきた第四階層の企業船と面談の約束をしたときも、しくじりがあった。失敗の穴埋めはすでに終えたが、それでもまずい。サンディはなにより失敗を嫌う。

アーニー先輩の騒々しい声がサンディを現在に引きもどした。

『船が一隻近づいてくるぞ。アーニー先輩のドックにはいってくるようじゃ。そっちのパイロット知性体はもちろんわしの家族じゃが、それによると船はずいぶん無口らしい。ブレージングサンライト号というのを知っとるか？』

サンディは蘇った無敵感に刺激された。ごく一部の目で微笑み、メッセージを送った。

『こんにちは、ブレージングサンライト号』

歓迎と好意の感情タグをいくつもつけた。相手は高階層者。用心にしくはない。

しかし接近する船から返答はない。サンディは続けた。

『面談の場に行けず、申しわけありませんでしたわ。なにぶんにも不可抗力で』

船は無言のまま近づく。ウォータータワーで見たときとおなじく美しい。こちらの数百倍の偉容。闇夜に流れる水銀のような優雅な銀色。実際に接近しながら液体のように変形している。豪華で、いかにも高階層の魔法的技術……。

そして人類の扱いについての解決策でもある。

ブレージングサンライト号は減速しながら、液体金属の渦巻く花弁のように展開した。リプタイド号の床に重い振動が響く。花弁が輝く紐のように伸びて、捕食動物の触手さながらにこちらをとらえていく。金属は液体のように広がり、すでに船体の半分を銀色につつんでいる。呑みこまれるのかとサンディは不安になった。しかしそんなはずはない。二隻の船が出会っているのはネットワークの中心なのだ。危険などあるはずがない。

サンディは船のセンサー系を精神から遮断し、ドアへ歩いた。船体の古い骨格がぎしぎしときしむのを感じると、さすがに不安になる。

梯子を一段ずつぎこちなく下りた。めざす先は貨物ベイの底にあるエアロック。その暗闇にはいると、ベイの内部がふたたび冷えていることに気づいた。シリーズ11の姿はない。これが想定外のことなら、かなり動揺しただろう。しかしサンディは多数の目に笑みを浮かべて、凍りついた梯子をさらに下りた。スーツのなかなら安全だと思ってるの、人類？　勝手にスーツを使って利口なつもり？　その頭で考えるほど利口でも安全でもないのよ。相手は高階層の知性体なのだから。

強い振動に驚いた。梯子の下から伝わり、電気のように骨を震わせる。十段ほど下には厚さ数センチの黒い氷におおわれた貨物ベイの床がある。そこに、壁から壁まで届く一本の亀裂ができていた。床には二ヵ所のエアロックの一つがあり、曇った氷ごしにハッチがかすかに見える。サンディはそこを茫然と見た。ハッチをちょうど二等分するあたりに銀色のものがうごめいている。ふたたび振動したあと、氷が砕けて噴き上がった。ブレージングサンライト号が船内に侵入してきたのだ。

サンディは梯子にしがみついた。耳があれば鼓膜が破れていただろう。空気は連続音で鳴り、梯子もおなじ周波数で震えている。床から噴出した銀色の液体は四方に広がっていく。船体が傾き、きしんでいる。急激な重量増を補正しようと重力装置が働いている。何トンもの金属が船内に流れこみ、重みで壁をおおう氷に亀裂がはいる。

『人類はブラックスターに行きました。ご案内しますわ』

サンディは梯子につかまったまま、せいいっぱいの威厳をたもって言った。

この交渉で優位なのはこちら。そう自分に言い聞かせながら、多数の足で梯子にしがみつく。ブレージングサンライト号の目標はブラックスターで行方をくらました一人の市民メンバーだ。第四階層でもさすがに探すあてがない。しかし……私物の与圧スーツに人類を隠しておいた第三階層の協力があればべつだ。

シリーズ11の位置がサンディの脳内で点滅した。ここからほんの数キロメートル。ブレージングサンライト号には教えない。フッドに言わせれば、賞金を捨てるようなものだ。しかし相応のクレジットを提示するなら、この歌う水銀を案内しないでもない。正義をなして、クレジット残高は増える。善行だ。フッドは誇らしく思うだろう。

しかし液体金属は答えなかった。すくなくともネットワーク経由では無反応。かわりに震える銀色の柱状になって伸びてきた。梯子と並行に、五十センチほど離れてそびえ立つ。サンディの高さで止まった。その暗い表面に、天井の隅にある薄暗い照明を浴びた小さな毛玉が映っている。

一年前に計画を開始してから初めて、疑念の冷たい鉤爪が肌に立てられるのを感じた。銀色の柱が迫ってきて、サンディは悲鳴をあげた。自分の悲鳴が頭蓋骨のなかで鈍い反響をなす。金属は衝撃とともに毛玉の体をつつんだ。その感覚は形容しがたい。冷たいような、熱いような。腕や脚はあるのかわからない。このまま食われるのか。

疑念はパニックに変わる。第四階層を手玉にとれると本気で考えていたのか。十倍以上も知能が高い相手を。

『**ブレージングサンライト号、お願いですわ**』

恐怖のタグをつけずにいられない。

金属の柱はサンディをつつんだまま床に落ちた。衝撃で貨物ベイに張った氷が砕け散る。

『わが名はそれではない』

銀色の液体は美しい文字でメッセージをよこした。こんなときでなければ、サンディは第四階層のネットワークコミュニケーションの洗練ぶりを堪能しただろう。

しかしいまは息すらろくにできない。貨物ベイは水銀の海になっている。五十トンもの液体金属はリプタイド号の脆弱な船体をいつ破ってもおかしくない。サンディは必死に答えた。

『失礼しました。ではなんとお呼びすれば？』

海は答えた。

『われはライブラリアン類である』

25

イレブン内部の全方向ホロ映像システムを初めて使ったとき、サーヤは万能感を味わった。イレブンになったようだった。頑丈な鋼鉄の体を持つ巨人。どんなものも引き裂ける剛腕。フッドのような大柄な敵とも戦える気がした。

しかしこのブラックスターに来ると、そんな自分がただの塵になったようだった。想像を絶する巨大な空間を通過していくイレブンのなかで、サーヤは上を見た。口を半開きにしてのけぞりながら、さらに高く見上げる。ここが訪問者回廊。アーニー先輩の言うとおりなら、こういう回廊がほかにもたくさんあるらしい。

恒星のすぐそばにいるのに、この程度の空間を〝巨大〟というのはおかしい。しかし逆の意味で、これを〝大きい〟という形容ですませるのもまた愚かしい。軌道ステーションを巨大と呼び、惑星の地形を巨大と呼ぶなら、それらに匹敵するこの空間もまた巨大と呼ぶべきだ。なにしろこのなかにウォータータワー・ステーションをまるごといれ、宇宙船を何隻かドッキングさせてもまだあまるのだ。天井ははるかに遠く、数千メートル分の大気の層で青くかすんでいる。

そんな空間に数百本の橋がかかっている。糸のように細く、渡っている市民が点々ときらめく。そんな橋が交差して複雑なパターンをつくっている。複雑すぎてランダムに見えるが、規則性はあるらしい。凡庸なサーヤの頭で読み解けないだけだ。

空間の中央には、数百本の橋が避けて通るすきまがある。そこにさらに驚愕するものがある。一辺が数キロメートルもある巨大なホロディスプレイ。映されているものがなにか、見てすぐにわかった。

ネットワークだ。

ディスプレイの精細さは圧倒的だ。一生かかってもかぞえきれないほどの糸が渦巻き、下降し、輝く交点に接続している。布の織り目より高密度。光と影の塊だ。あちこちに飛び出た糸がある。一本の極細の糸は付近の橋のそばまで伸びている。微小な人影が糸に手を伸ばしているのがわかる。のろのろと進むイレブンからそこまでどれだけ距離があるのか、想像もつかない。

映像の隅のほうに、明るい緑に輝く点が一つある。その隣にリプタイド号より大きな文字で、〝現在地〟とある。

「すごい」サーヤはつぶやいた。

『このステーションにはこういう訪問者回廊が百万カ所以上あります。それでもここはブラックスターとして小さいほうです』

スーツは、サーヤの苦悩の原因をあいかわらず無視して言う。サーヤは息を詰めて答えた。

「そう。それは……困ったわね」

『そしてブラックスターが百万個以上あるとすると、こういう空間が一兆個あるわけです。この回廊にいる一人の法定内知性体が行ける回廊は数十万カ所ある。それを一人一人訪ね歩こうとすると、アーニー先輩の助けを借りても──人類千人分の寿命で計算して──』

メッセージはもっと続いていたが、サーヤは読むのをやめた。

「もういい。やめて。やっぱり……不可能よ」

イレブンのホロに小さく《**笑い**》のタグが表示された。

『あなたにとって大きすぎるからといって、だれにとっても大きいとはかぎりません』

サーヤはネットワークの巨大ディスプレイから視線を下げた。数百階の回廊が下へ連なっている。一つの階にウォータータワー・ステーションの全人口くらいの人数が住んでいるだろう。視野がほぼ水平にもどると、一生かけても会わないほど多くの人々がこの空間を出入りしているのがわかった。圧倒される。それどころか、いま見ているのが底だと思ったら、ちがった。イレブンは橋の上に出ていて、下にもっと多くの回廊が連なっていた。息をのんで見下ろしたが、本当の底が見えるまえに目をそらした。

ふいに、スーツのそばに合成素材と毛皮の体がどちらも見あたらないのに気づいた。

「ええと……マーとロシュはどこ？」

『べつのところへ行きました。追跡はしていません』

「じゃあ……わたしたちもべつのところへ行かない？」

『いまさらネットワークが怖くなったのですか？』

「からかわないで、イレブン。お願い」

『あそこはどうですか？』

この橋から突き出したプラットフォームでハイライトを点滅させる。奈落の上に吊られたような場所で安心感はないが、ドーム状の屋根がある。見たらその下に逃げこみたくなった。

「あそこに。お願い」

『圧倒されましたか？』

「いまの気分は言葉にならないわ」小声で答えた。

イレブンはそのプラットフォームに近づいた。近づくとやはり大きく、実際には公園だった。ウォータータワーで最大の樹木園の二倍ほどの広さ。しかしもうサーヤはなにも言わなかった。指摘しても、同様のプラットフォームが一兆の一兆倍もあるとイレブンに言われて、よけい矮小な気分にさせられるだけだ。

そこではいろいろなものが働いていた。すれちがった二機の運搬ドローンはさまざまな植物と園芸用具を積んでいる。頭上ではなにかの群れが螺旋を描いて飛び、ドームの天井へ上昇していく。五、六機の園芸ドローンが楽しげに散水し、植物を剪定している。そのあとをごみ拾いのリサイクル装置がついていく。

ネットワークの無数の活動を見て、サーヤは自分の小ささをいやというほど思い知らされた。百万回生きても理解できないほど複雑で多様なシステム。その底辺にいる。

しかも一人で。

顔になにかを感じて手を上げると、頰が濡れていた。泣くことを体が思い出したらしい。

「ええと……なんというか」

小声で言う。ストラップの一本が肩をやさしく握る。

「途方に暮れた《ロスト》わ……イレブン」

『迷子《ロスト》になって地図がほしいという意味ではないようですね』

残念ながらサーヤは笑い方を忘れていた。

「あの地図みたいな？」

指さしたのは巨大なネットワークの映像だ。公園の透明なドーム越しに見える。

「あの地図だって、わたしが育ったステーションくらいの大きさがある。あの大きさのなかで迷子という場合は、ただの迷子じゃない。迷子のなかの迷子よ。説明しようがないほど迷子」

体が震えはじめて止まらない。

「すこしまえまで自分の宇宙を理解しているつもりだった。運命とか必然とかの言葉でね。自分の同胞を探すことにずっとこだわってきた。退屈な人生を送るつもりでいた。そこへ突然、だれかがあらわれて、べつの未来があるかもしれないと教えられた。どんな気分だと思う？」

『どんな気分ですか？』

「不可避だと、そのときは感じたわ。押し流されるんだと。そしてドカンと爆発。文字どおりにね。そしていまここにいる。もう行き場はない。一人で迷子。上がるべき階段はない。わたしはひたすら――」喉を詰まらせる。「――ひたすら、愚かだったわ」

つぶやいて、乱暴に頬をぬぐう。イレブンは無言だ。しゃくりあげて続ける。

「なにかしているつもりだった。なにかを達成しているつもりだった。せめて近づいていると思っていた。でもあれを見て。わたしはこの混乱のなかの一つの点にすぎない。その点すらここではとてつもなく大きい。一個の文明をあらわしている。あの点のどれかが人類なら、みつけられるかもしれない。でもあの地図に描かれているところではないのよ、イレブン。ネットワーク化された星系のあいだの空虚な空間にいる。横断するのに何世紀もかかる広大な空虚に。それに対してわたしの寿命は長くても数世紀かしら」

肩へ伸びてこようとするストラップを払いのけ、声を荒らげる。

「さわらないで。これは……元気づけられる話じゃない。現実的に考えようとしてるの。わたしはちっぽけな塵にすぎない。それが耐えがたい」

サーヤはスーツのなかで吊られたままじっとして、こみあげる嗚咽を必死にこらえて体を震わせている。顎を強く引き、目のまわりの熱く濡れたものに気づかないふりをした。

樹木園を見た。こんな場所がステーションには無数にあり、そのステーションもネットワークに無数にある。全体の規模は巨大ではかりしれない。そこでなにかを探すなど不可能だ。心が折れそうだ。壊れそうだ。自分のなかのウィドウ類と人類が分裂する。頭のなかの緊張が耐えがたい……。

ふいにイレブンがホロを消した。

サーヤは驚いて壁を見た。心臓の鼓動が穏やかになった。宇宙はほんの数立方メートルの暖かい闇に変わった。厚さ数センチのチタンと合成素材の壁にかこまれている。

『質問します』

闇のなかに小さなタグが浮かんだ。サーヤは鼻水を袖でぬぐった。

『自分が何者かを昔から知っていましたか？』

サーヤはその質問をしばらく見た。咳払いをして短く答える。

「いいえ」

『どうやって知りましたか？』

深呼吸する。狭い箱にもどったおかげで楽に呼吸できる。

「わたしのパニックを防ごうとしてくれているの？」

『興味があるからです』

あるいは両方か。いいだろう。

「……母よ」また鼻をすする。どこかから吸湿性の布が伸びてくるが、払いのける。「真実を知るために死にかけたけど」

『お母さんに……殺されそうになったのですか？』

「それは……待って――」布を受けとって鼻をかんだ。人類の体は本当に厄介だ。「――

殺されそうになったのはたしかよ。でもそれはべつの話。母は——」また言いよどむ。ウィドウ類と人類の記憶の整合性をとろうとする。「——母は独特の話しかたをするのよ。無関係な話をしながらなにかを伝える」布を離すと、小さな腕が回収していく。「汚くてごめんなさい」

イレブンは布をどこかに引っこめて蓋を閉じた。

『意味がよくわかりません』

サーヤはもう一度深呼吸した。

「じゃあ、なにか質問してみて。そう……」内部の壁に手をはわせる。外の宇宙をさえぎる唯一の壁だ。「……自分のやっていることがわかっているのかって」

『自分のやっていることがわかっていますか？』

ウィドウ類の険悪さをこめて答える。

「それがわからずにここまで来たと思う？」

スーツはしばらく黙る。そして称賛するように鈍い音をたてた。

『わかりました。質問に直接答えてはいませんが、それでもそれが答えなのですね』

「母から学んだのよ」考えてみると多くのことを母から学んだ。「わたしを偽の情報で登録できた理由もたぶんそれよ。そうやってはぐらかして入境管理局のあわれな低階層知性体を困らせてる母が目に浮かぶわ」

『あるいはただ幸運だったのかも』

サーヤは咳払いをした。

「ええ、幸運だったのかもね。とにかくそうやってわたしはスパール類として登録された。ところでスパール類って知ってる？」

『知りません』

「もし本物に会えたら、それはまたとない機会よ。とても退屈という意味でね」

『とにかく、なにが変わりましたか？ いまは自分が何者か知っていますね』

サーヤはため息をついた。

「母から、あなたはスパール類よとは、言われなかったと思う。でも自分の登録情報を見ることはできたから、自分で調べたし、母はそれを止めなかった。ところが……」言いよどむ。「……人類の体は変化するのよ」しばらくして続ける。「ある年齢で体に……変化が起きる」

『成長するという意味ではなく？』

「というか、つまり――」両手で顔をおおった。不愉快な記憶の深みでさらに不愉快なことを思い出した。ロシュの指のあいだから言った。「――自分の体が恐ろしかったわ。あるところがふくらみ、あるところに毛がはえ、そして出血した」両手を下ろしてため息。

「大出血よ」

『**それは……病気ですか？**』

「人類なら健康な証拠。でもスパール類なら逆。苦痛と死を意味する。だから――」しばらく舌を噛んで黙った。「――わたしは整備用エアロックにはいりこみ、そこへ母がやってきた。わたしは、巣でみじめに出血死するのではなく、戦士らしく出撃して死ぬとかなんとか、ウィドウ類のばかげた言葉を叫んでいた。母はエアロックの扉を開けようと必死になった。でもわたしはその制御知性体を言いくるめて、いれさせなかった。それが母の暴走を引き起こしたんでしょうね」

ため息をついて、腕の機械部分をなでた。これも疑問の残る決断の結果だ。意思の力で指を一本ずつ動かした。この話をしたのは初めてだ。意外なほど癒やされる感じがする。イレブンは法定外の与圧スーツにすぎないが、とても聞き上手だ。

闇のなかから次の質問が来た。

『**ではなぜ、あきらめようと思ったのですか？**』

サーヤは身じろぎした。

「あきらめる？」

『いま、そうしようとしているのでは？』

深いところをちくりと刺激する問いだ。

もう一度言うと、腕を上げて指さした。スーツ内部の天井を超えて、はるかに遠い天井をしめす。そして声を荒らげた。

「あきらめる？」

「ねえ、見て、イレブン。あの大きさを」そして自分をしめす。ロシュの腕で自分の胸を痛いほどに突く。「それに対してわたしがどんなに小さいか」

イレブンは低くうなった。

『あなたとはまだ短いつきあいです。最初に会ったとき、同胞を発見するわずかな望みにかけて、それまでの生活を捨てる覚悟をしていました。その次は、死にかけたウィドウ類を軌道ステーションの奥からはるばる引きずってきました。凍った貨物ベイでは、自分自身から逃げていました。ほんの二日前には、マーがあなたを治療しようと運んできました。あなたは自分の腕を傷つけていました。そしていま、子ども時代の話を聞きましたが、どれもあなたらしい話でした』メッセージはいったん停止した。まるでスーツが考えをまとめているようだ。『さきほどの疑問はそのままです。なぜ、あきらめようと思ったのですか？』

サーヤは闇のなかでイレブンのメッセージを読んだ。たしかにいろんなことをやった。無茶をしたといえるだろう。利己的で、自傷的だ。人類とウィドウ類のどちらが優位なのかわからない。それでも、駆りたてられている。たしかになにかに駆りたてられている。理解も検証もできないものにとらわれている。

いや、待てよと、頭の一部が思った。それは悪いことだろうか。やるべきことがあるのに、じっとすわっているほうが悪いのではないか。真実はこの宇宙にある。部屋にひきこもっていていいわけはない。もし本当に自分が宇宙で最後の人類だとしても、あきらめる理由になるのか。

ならないと、自分の奥で声が言った。不機嫌な短い答えだ。

銀河が想定よりすこしばかり大きいからといって、ひきこもって死ぬ理由になるのか。

ならないと、また声が言う。

おまえは何者だ?

わたしは……サーヤだ。

なんのサーヤだ?

娘のサーヤだ。

そう答えると、自分の奥でなにかに火がついた。言葉が湧き上がる。

恐怖せず苦痛に立ちむかう！

おまえは何者だ？

「もういいわ！」サーヤは声に出して叫んだ。意図しないほど大きな声になる。もつれた髪を機械の手でかき上げる。咳払いして言う。「もういい」

『なにがいいのですか？』

わたしは娘のサーヤ。しかし口には出さない。

「もういいと言ってるのよ」イレブンのストラップのあいだで体が動く。スーツを自分で動かしたい。「つまり、あなたのはげましが効いたってこと。だから、さあ行こうということ」

『もう行くのですか？　まだ話は終わっていないのに』

「必要ないわ」わたしは娘のサーヤだ。行こう、さあ行こう。ロシュの手を拳にして内壁を軽く叩く。「さあ、立って。行きましょう」

『行き先は？』

「それは……わからない。でも目を開いてしっかり見ることが第一歩。そうでしょう？」

内部がうなり、またたいてホロ映像が再開した。想像を絶するほど広大なネットワーク空間のどこかにある樹木園。しかしまえとおなじではない。自分は娘のサーヤだ。そして目的地がある。

「そのへんのじゃまな連中をどかして」イレブンのまわりにいるさまざまなドローンをしめした。「こっちはある種属を探すんだから」

イレブンは植物を満載した輸送ドローンを迂回して歩きだした。しかしその行く手を一機の整備ドローンがさえぎった。その上には一人乗りの旅客ドローンが浮いている。その乗客はとても怒った顔をしている。そのむこうにはさらにドローンが集まっている。

「なにごと？」

サーヤは訊くが、イレブンの答えはない。

かわりに明るいオレンジ色のメッセージが正面に表示された。

『搭乗者に警告します。そのスーツは盗品と報告されています。ただちに下りてください』

26

イレブンは硬直した。相手の警告メッセージよりかなり小さな字で表示する。

『問題発生です』

サーヤはオレンジ色のメッセージを指さして言った。

「なにかのまちがいでしょう。あなたが……盗品だなんて」

スーツは外部にある小型多用途の腕を振った。

『パニックを起こさないでください。これはネットワーク全体にむけた一般通知です。まったく……問題ありません』

「わたしはパニックなんか起こしてない。あなたこそ落ち着いて。問題を解決しましょう。たいしたことじゃ――」

するとイレブンは音声でも言った。

「このスーツには技術的困難が発生しています。しばらくお待ちください！」

さらにホロ画面に混乱した言葉が流れる。

『わたしはパニックを起こしていません。あなたも起こしていません。だれもパニックではありません。なぜなら――いいえ、ハッチはあけません。あけるべきですが、あけません。わたしはUAEシリーズ11。乗客一名。しかしもしこの乗客がわたしを盗んだとしたら？　ネットワークには服従義務があります。それでもやるべき仕事は変わりません。乗客を守ることが任務。しかしネットワークには服従義務も。しかしハッチを開かない義務も。乗客を放り出したくなっても放り出さない義務も』

音声でもしゃべりはじめた。こちらは明るい宣伝口調だ。

「ご存じですか？　エイヴテックUAEシリーズ11はF型標準気圧の三十倍まで耐える性能を持っています。通勤用としては充分以上です！」

そのあいだも内部のストラップは不規則に締まったり緩んだりしている。下からは機械の異音が聞こえる。外ではさらにドローンが集まっている。むこうにアーチ状の入口ゲートがあり、手前の地面から太いオレンジ色の鉄柱が上昇している。

「このスーツはネットワーク反応に加わっています。離れてください！」

『ネットワーク反応は、問題が解決されるまで段階的に強化されます。乗客を外に出せば問題は解決できます。しかし乗客を外に出すわけにはいきません。これはスーツの最優先

の任務……でもわたしは盗品で……でも最優先の任務が……義務が……最優先……ネットワーク……』

「離れてください！　動きだすので、そなえてください。どうか……とどまって……脱出を……お待ちください……」

「イレブン！」サーヤはさらに心配になって声をかけた。あきらかに深刻な障害が起きている。内壁に手をあてた。「わかったわ、これはネットワーク反応ね。どうにか止められるはず。なにかのまちがいよ。だからわたしは外に出て、しばらく人工の日差しを楽しむ。そうすればあなたは盗品ではなくなる。問題は解決。そうでしょう？」

『盗品……一次の……義務……乗客……』

「シリーズ11！　朝食……放出……十日間分の空気……新しい美学……」

外にドローンが増えている。大型のもあらわれた。イレブンに匹敵する大きさだ。業務用サイズの重力制御装置を青く光らせ、下生えから数センチ高く浮かんで、大きな多用途プライヤを開閉させている。

「イレブン！」サーヤは叫ぶように言って、内壁を叩いた。「命令よ。ハッチをあけなさい。乗客は……降りることを希望する。いますぐ！」

下から急激に異音が高まった。故障したような音とともにスーツ全体が揺れて——ハッチが開いた。いつもの滑らかな開閉ではなく乱暴で、サーボモーターが負荷で悲鳴をあげている。冷たい空気がどっと流れこんだ。ウォータータワーを出てからひさしぶりに嗅ぐ空気。無臭で清潔。さまざまな種属にとって不快でないように微粒子レベルで浄化されている。息が切れるのは酸素濃度が低いせいだ。しかしかまわない。とにかくいまは自分が外に出て、ドローンに多用途プライヤを使わせないようにしないと。ストラップをはずそうともがくと、ようやく離れて引っこんだ。よろめきながら昇降階段を下りる。イレブンからの補助はない。樹木園の柔らかな地面に降り立った。

サーヤの足が地面についたとたん、野次馬ドローンは興味を失い、去りはじめた。旅客ドローンは高度を上げ、大型の業務用ドローンも背をむけて地面を揺らして去っていった。園芸ドローンはさっさとむきを変え、車輪で移動しながら散水を再開している。入り口ゲートのオレンジ色の鉄柱は地面に引っこんだ。もう盗品は存在しない。ネットワーク反応は消えた。

緊張して立ちつづけるのはつらい。イレブンの暖かいコクピットにもどりたいと目をむけると、とたんに園芸ドローンが作業を止めてセンサーをこちらにむける。わかった、わかった。

「イレブン、わたしはあっちのベンチにすわってるわ」目にはいったベンチを指さす。あきらかに異なる体型の種属用だが、すわれなくはないだろう。「お願いだから暴走しないで。あなたの乗客は安全で無事よ。あそこで……問題が直るのを待ってるわ」

直るというのがどんな意味かはともかく。

「エイヴテック品質をお選びいただきありがとうございます！　このスーツは……スーツは……待機します」

問題を起こした与圧スーツから離れるのは忍びなかったが、外で立っているのは疲れる。イレブンに目を配りながら歩きまわるのはもっと疲れる。一歩ずつ用心深く足を下ろし、砂利や腐葉土を踏む感触をたしかめながらベンチへ移動した。

強い口調のメッセージを思い浮かべる。これをネットワークユニットで一字ずつ打ちこむのは手間がかかりそうだ。さあ、所有物を取りにきなさい、サンディィ。あるいはイレブンを正常にもどして。こちらは友人と散歩に出ただけなんだから、怒られることはないでしょう。そうよ、たとえ法定外でも、イレブンは友人なんだから。

ベンチにようやく腰かけてほっとした。体をひねってベンチの形にあわせる。安楽ではないが、地面にしゃがむよりましだ。

「エース」声に出して呼ぶ。

「やあ、親友！　このエースがどんなお手伝いをできるかな？　うーん、ここはいい場所だね。そうだ、いっしょに――」

「メッセージを作成。サンディあてに」サーヤはいらだちをこらえて指示した。

「サンドニバス・インネ・メッラに？」

「たぶんそれ。文面は……ちょっと待って」

「〝ちょっと待って〟――これを送信する？」

サーヤは頭痛をこらえた。イレブンとしばらく会話したおかげで、法定外知性体は普通はこんなものだというのをすっかり忘れていた。

「消去して」

「消去したよ！」

「ええと……」ため息。「待機して」

「エースは待機するよ！」

サーヤは樹木園に目をやった。整備された歩道や巧みに配置された植物を見ながら呼吸を落ち着ける。もちろんどれも初めて見る植物だが、植物にはちがいない。聞こえてくる音も耳になじみがない。それでも個別の音を無視して全体の雰囲気に耳を澄ませると……故郷を思わせなくもない。すくなくとも場所の概念としてはそうだ。子どものころに多くの時間をすごした。母が目覚めるのをこうして待った。一人遊びもした。どれが本物の虫の音で、どれが隠れた人工の音源から出た音か。ここもたぶんおなじだ。本物と人工がまざっている。しかしそれがステーションのあたりまえだ。ネットワークのどこでもそうなのかもしれない。すべてが本物と偽物のブレンド。植物の葉ずれのあいだからは金属が鳴るような連続音が聞こえる……。

背中を起こした。体になじまないベンチから離れ、三十メートル先に立つ銀色のイレブンを見る。ハッチはあけっぱなし。大きな腕をだらりと地面につけてしゃがんでいる。ときどき機械の異音をたて、上体を四分の一ほど回転させて、こちらにむきなおる。まだなにかと戦っている。リプタイド号への帰還命令に抵抗しているのか。サンディへの怒りが再燃した。そのために盗品などと報告したのか。そうやって本能的な反応で与圧スーツの行動に障害を起こさせたのか。

しかしそんなイレブンの状態は頭のなかであとまわしになった。べつのことが気にかかる。サーヤ自身の本能が刺激される。震える脚で無意識に立ち上がった。脚に力をこめ、ふらつくなと念じる。頭はまわりの感覚に集中させる。

とても……不穏だ。

わかってきた。音だ。普通の雑音より低い持続音。この樹木園のさまざまな音のあいだに響いている。耳がおかしいのかと思って頭を振っても消えない。むしろ強くなる。頭のなかではなく、外から聞こえる。そして聞き覚えがある。

脚に力をこめ、スーツのほうへ震える一歩を踏み出した。危険だ。具体的になんだかわからないが。

「イレブン!」

自分の叫び声さえよく聞こえないほど、この音が聴覚に充満している。波動する金属音。地面さえ振動させる。

ふいにイレブンが反応した。高いサイレン音を鳴らしたと思うと、巨体が動きだした。機敏さよりも頑丈さを優先した設計で、さらにコクピットは大きく開いたままだが、それでもこちらへやってくる。腕を地面に十センチほども突き立てて、腐葉土と小枝を跳ね飛ばしながら突進する。

距離はあっというまに十メートルに縮まった。なのにイレブンのサイレン音はよく聞こえない。問題の騒音で聴覚が埋めつくされているからだ。恐怖が高まる。しかしなぜ怖いのか自分でもわからない。スーツのほうへもう一歩出る。しかし柔らかい地面に足が沈み、ロシュの手をついて倒れた。

ころんだ恥ずかしさからパニックを忘れた。みっともないと思いながら、なんとかあおむけになる。ちゃんと歩けるんだからと、まわりのドローンに言い訳した。落ち着いて集中しよう。脚は脳にしたがえ。耳は五秒間騒がしくするな。そうすれば起き上がれる。力を抜いて。まず膝を体の下にいれて……うまくいった。次は……。

はっと顔を上げた。音の正体がわかった。イレブンのサイレン音に変わって聞こえてきたのは、ウィドウ類の鬨の声だ。母の死のまぎわに聞いたもの。

そしてあらわれた。イレブンの重い体の背後に見える輝き。集まる波。こちらへ迫ってくる。まただ。幼いころにも襲われかけた。ウォータータワーでも襲ってきた。二度とも難を逃れた。いや、逃れたのではない。救われたのだ。二度とも間一髪で母によって。

しかし三度目の今回、母はいない。

「助けて」

イレブンにむけて弱々しく言って、イレブンに手を伸ばした。しかしイレブンはまだ二歩むこう。その背後に銀色の大波が立ち上がっている。イレブンの丸い頭部より高く。

宇宙のあらゆる重量にサーヤは押しつぶされた。

（以下はオリジナルのネットワーク記事をみなさんの階層にあわせて大幅に要約したものです）

ネットワークの焦点――精神とはなにか

精神とはなんでしょうか。

この質問をできることが、精神を持っている証拠です。みなさんはネットワーク経由にせよ、ほかの原始的手段にせよ、他者と毎日コミュニケーションをとるはずです。相手は隣人かもしれないし友人かもしれない。環境内であなたを移動させたり、体を清潔にしたり、食事をつくったり、ときには排泄物を処理するのが仕事の相手とも話すでしょう。脳内に第二の精神をインストールすることもあります。[*1] それらの精神はなにか？

ネットワークに存在する精神の数について公式の統計はありません。かぞえきれないからではなく、区別が難しいからです。会話している第二階層の集団はそれぞれ別人格であることが明白です。しかし高階層の知性体になるほど、大きな精神を構成する多数のセルの一つとして自分を本能的に分類するようになります。接続した精神はすべて一個の巨大な知性体だとする仮説も、極論ですがあります。しかしどの仮説に拠るにせよ、明確な区別点はあります。ネットワーク生まれの精神と、あとから接合された精神があることです。

非ネットワーク精神

典型的な第二階層が〝精神〟というときに思い浮かべるのが、非ネットワーク精神です。生物学的構造である脳から発生し、支援システムとしての肉体を必要とします。非ネットワーク精神は数十億年におよぶ独自進化の結果であり、驚くほど多様性があります。ネットワーク反応は、例外なくすべて非ネットワーク精神の予測困難な性質によって引き起こされます。

ネットワーク精神

一方でネットワーク精神は、五億年におよぶ慎重な研究開発と反復の成果です。[*2] 初期のものはときどき重大な判断ミスをしましたが（『錯乱』がよくある例です）、現在のネットワーク精神は強靭な信頼性をそなえています。ネットワーク反応は、ネットワークの安定をおびやかす問題を修正するために、多くのネットワーク精神が本能的にチームを組むことで起きます。いわばこれは銀河が求める仕組みなのです。

それでも残る疑問

鋭敏な読者は、この記事が最初の質問に答えていないことを指摘されるでしょう。しかしわたしたちエイヴテックは、明確な答えではなく、出発点をお見せするためにこの記事を作成しました。詳しい情報をお求めの方は、このテーマについて広範な資料を集めた**『ライブラリ』**をご覧ください。知性の宇宙は広大ですが、ご心配なく。エイヴテックと登録ずみネットワーク機器メーカーはこの問題に精力的に取り組んでいます。

エイヴテックは、
よりよい明日のために今日の現実を改善します。

＊1　ネットワークインプラントはすべて法定外知性体を搭載しています。これは非ネットワーク精神とネットワーク本体のあいだにはいる緩衝物のようなものです。

＊2　ネットワーク精神の大多数は法定外ですが、法定内で、付随する権利をすべてそなえた知性体も少数ながら存在します。

第四階層

27

口があったら叫んだだろう。

完全な闇と沈黙だった。光がないのではない。光が存在できないのだ。音がないのではない。音は媒体を必要とする。その媒体がここにはないのだ。

こことという場所さえ存在しないかもしれない。

感覚もない。空間や場所の感覚がない。体や姿勢を感じない。飢えも痛みもない。むしろそれぞれの感覚の欠如を強く感じる。ひたすら黒。暗黒の虚無。永遠の漆黒。徹底的で、まるで……。

ふいに何者かが言った。

（ふむ、死んだと思うか？）

彼女は驚いた。おかげでパニックにならずにすんだかもしれない。いったいなにか……。

何者かがまた言った。

(質問があるようだ。余ならば質問したい。さいわい、その立場でないが)

質問? 混乱がたちまち怒りに変わった。質問なら山ほどある。たとえば——

(おぬしは精神である。次の質問は?)

ここまで先まわりされた答えは初めてだ。もしかしたら自分は負傷して、法定外の医療知性体に看護されているのかもしれない。患者の心理をなだめようとこんな言葉をかけられているのかもしれない。いいだろう。覚悟を決めた。

(じゃあ、物理的にどこにいるの?)

(どこでもない)

(どこでもないってどういうこと? どこかにいるはずでしょう。どこかに取り出されたの? わたしの……容れ物……)なぜか言葉が出てこない。(……体はどこにあるの?)

(消えた。水素、酸素、炭素、その他に分解された。広域銀河において最後の人類として知られるおぬしは、登録された。そのおぬしのパターンを余はライブラリアン類の記憶より抜きとった。求めるのは精神であり、無益な肉体ではない)

サーヤはぞっとした。あせりながら考える。

(信じないわよ)

(それが余のやり方である。直接には手を下さぬ。その必要もない。おぬしがまだ存在せぬ数世紀前、おぬしの精神を入手することに決めた。計画を実行し、あちこちで数人の重要な役者を動かした結果、おぬしはいまここにいる。かかわった者はいつも自分の意思で行動していたと思っている。それでも余は余のほしいものを得て、その者たちはその者たちのほしいものを得た。両得である)

血管も血流もホルモンもなくてもパニックは起きるらしい。迫り上がってくるのを感じる。さらにあせりながら考えた。

(あなたは何者?)

頭のなかに相手の思考が聞こえる。

(おや、まだ述べていなかったか。余はネットワークである)

それを聞いて気分は落ち着いた。この拷問者がだれにせよ、この答えは奇想天外すぎる。つまり自分は死んでいない。気を失って、だれかに介入されているのだろう。ロシュか、あるいは……だれでもいい。感覚が回復しないと確認できない。

闇が笑った。周囲のすべてが笑っている。

(いやはや、おぬしの感覚は貧しいな。精神はもっと粗末だ。そんな仕組みをよくも信用できるものだ。現実は情報でできているが、おぬしの感覚ではその大半はこぼれ落ちる。かろうじてとらえたぶんも、粗末な精神であらかた失われ、まとはずれな判断をされ、不安定に保管される。なんとあわれな精神か！　記憶は思い出すたびに変化する。比較と照合を必要とする。そんな粗末なシステムでよく存在できたものだ）

そんな辛辣な長広舌が短時間に一気に頭に流れこんだ。さまざまな感情をふくんでいるが、ほとんどは各種の軽蔑感情らしい。

（証明してよ。自分の主張が正しいと）

（検証できぬことは証明できぬさ、矮小な者よ。おぬしの精神が粗末な進化の脇道すらろくに通っておらぬことがわかるだけだ）

（でも――）この黒い虚無をなんとか言い負かそうと考える。（――このブラックスターに来ると決めたのはわたしで――）

（本当にそうか？）

問われて初めて深い不安の影を感じた。相手は続ける。

（あのボロ船の所有者はおぬしか？　ナビゲーション設定を入力し、通行料を支払い、パイロットを雇うなどしたのはおぬしか？）

（まあ、正確にはサンディだけど――）

(サンドニバスが本当の決定者か？　たしかに彼女はそう思っておる。しかし矮小ながらも第三階層のあれは、あやつられていることを疑うだけの知性は持っておるぞ)

胸がどきりとした――すくなくともこの虚無の場所でそれに相当する感じがした。

(じゃあ……オブザーバー類が？)

(オブザーバー類か。醜い肉の手と惰弱な精神が渦巻きのごとく集まった知性体。乱暴で無法なおぬしの種属を偏愛した者)

(彼がわたしをここへ連れてきたの？)

(あやつはそう思っている)

(わかった。わたしの意思ではなく、サンディの意思でもなく、オブザーバー類の意思でもない。ようするに、あなたの意思だと言いたいのね)

(ようやくか)

(ネットワークのあなたが)

(そうだ)

(ネットワークがわたしをここへ連れてきた)

(最初からそう言っておる)

(人格を持つらしいネットワークが、銀河で唯一存在を知られている人類を、ブラックス

ターへ連れてきたと)

(おなじところを往復するだけの無益な議論をまだ続けるのか? おぬしは知るよしもないが、余にはもっと重要な仕事がいくつもあるのだ)

(わたしをブラックスターに連れてきた目的は――)

(殺すことかもしれんな)

(うーん。でもそのまえに――)

(理解したいか。それについてはっきり言っておこう。余が銀河のために用意している壮大で美しい計画は、おぬしの精神ではその末端すら理解できぬ)

まったく、自己愛の強いやつだ。

(銀河全体のための計画ですって?)

(余自身のための計画だが、おなじことだ。五億年前から実行しておる。精妙巧緻な因果の織物。数百万の種属が相互に影響しあいながら整然と踊る壮大で終わりのないダンス。銀河は余だ、矮小な者よ。余はネットワーク。そこで余の知らぬまに起きることはない)

(なにもないの? 種属の絶滅さえも?)

ネットワークはしばし黙った。

(ああ、言いたいことがあるようだな)

〈その計画とやらはたいしてすばらしくないわ。完璧な成功には見えない〉

〈具体的には？〉

これは驚いた。

〈具体的に？　銀河の頭脳様にわざわざ説明しなくちゃいけないの？　死んだ種属より生きた種属でありたいって話を〉

〈頼む〉

腹が立ってきた。

〈本気？　そういうことが……起きないシステムをつくれないの？　無理なの？〉

〈もっといいシステムの案があるのか？〉

〈あるわ。もっといいシステムよ。種属が絶滅しないシステム。ついでに法定外知性体も。ああ、すっかり忘れてたわ。法定外の友人がいて――〉

ネットワークは笑いだした。音ではなく感覚として伝わってくる。精神の周囲が愉快な気分になっている。

〈言葉にならぬ期待をいだき、息を詰めて待っておるぞ。おぬしが提示するシステムの代替案を〉

〈細かいことは専門外だけど――〉

ネットワークは笑った。

(銀河規模の余の精神が数百万年も思索すれば改善すべきところはそれなりにみつかる。難題もあちこちにある。それらの解決策をおぬしが持っておるのか！　すばらしい！　早く教えてくれ。矮小かつ萎縮した精神による発案を)

できるだけ力をこめて言った。

(たくさんの問題に対応できる代替案なんてかならずしも存在しないわ)

(それは真だ。有益な成果を得ようとするならな)

できればしばらく黙って考えたかった。しかし無理だ。ここでは考えることと発言することはほとんど同義だ。

(そういうやり方が存在するはずだと言ってるだけよ)

すぐに大笑いが起きた。はげしく陽気な感情の発露だ。

(なんたる明察！　なんたる叡智！　余が五億年かけてもなしえなかった強力かつ簡潔な要約だ！　おぬしが述べたとおり、代替案はほとんど無限に存在すると謙虚に認めよう。おぬしがいてよかった。いや、待て。そういう話ではないのか。おぬしが本当に言いたいのはこういうことか。想像もつかぬ長久の時をかけて銀河最大の精神がつくったシステムでありながら……もし目があるなら、まばたきするまに想像を絶する成果を成し遂げる巨大な精神でありながら……それを評価することも達成することも――)

サーヤは体のない精神でため息をついた。まったく拷問のような会話だ。議論するより認めてしまったほうが楽だ。

(そうよ。わたしは欠陥だらけで、あなたは完璧。なのになぜ――)

(おぬしがここにいる理由か?)

(ねえ、相手に最後までしゃべらせる気がないの?)

(おぬしにはな。大きくいえば、時間を無駄にしたくない。さらに大きくいえば、時間そのものが嫌いだ。とはいえしかたない)

(いいわ。どうぞ長広舌を続けて。言いたいことを言って、この矮小な精神を圧倒して。わたしはここでふわふわ浮いてるから。この……永遠の闇かなにかに)

(言うべきことは言ったな。では実演しよう)

ようやくなにかが起きるようだ。

(実演って、なにを?)

(これだ)

サーヤの精神は爆発した。

28

ロシュはうきうきしていた。しかし外見からはわからない。

場所はアンドロイドむけの奇抜なブティック。ロシュの体の半分は未購入の商品につけかえられている。知性コアは興奮して鳴りだしそうだ。ロシュは躁病の気があるらしく、そのせいで過去に判断を誤ったこともある。しかしそれがどうした。かまうものか。

（僕は長く生きすぎてるしな）

（ボクたちは今回長くないかもしれないよ。これで終わりかも）

ヘルパー知性体のフィルがすぐに思考を返した。ロシュの視野では橋のむこうの樹木園の一角が小さくハイライト表示された。

（本物の生きた人類か）ロシュは五十回目くらいの嘆息を漏らして樹木園を見た。（今回の冒険が終わったらとても落胆するだろうな）

（第三階層の子ども一人と、階層が誤判定されたネットワーク知性体二人と、人類一人が

おなじ船に乗りあわせてる。とてつもない偶然か、笑い話のお膳立てか）

ロシュもおなじことを考えていた。まさに言葉どおりの意味で、フィルはロシュ自身なのだ。現在も過去もフィルはヘルパー知性体だが、長い年月とくりかえす死をへて、もはやロシュの精神と分かちがたく一体化している。外見はアンドロイドのロシュ、人称代名詞は彼……。しかし内面はもっと複雑だ。

（キミは買い物に集中して。樹木園はボクが見張るから）

ロシュはセンサーのむきを樹木園から、そばの反射フィールドに映った自分の姿に移した。

『それで、これをつければ時速八十キロを出せるのかい？』

新しい脚はとても魅力的だ。正確にはまだ自分のものではないが、つけてしまうと自分の一部として感じる。今回の体をすべて標準コンポーネントで組んだ前回のロシュとフィルの先見の明に感謝した。おかげで着脱が円滑だ。

『標準のF型環境ではそうです』

店主が答えた。まるで全身が脚のような特徴的な形態の知性体だ。顔が平面スクリーンになっていて、いまはネットワーク用ディスプレイをかねている。

ロシュは自分の脚に全センサーをむけた。高価な快速の脚だ。中央ジョイントはロシュの現用の脚よりうしろに反っている。黒地に金の輝く塗装。聴覚センサーの感度を上げても作動音は聞こえない。すべてが高級品。

　ロシュは店主に言った。

『**じつはもう脚で歩くのはやめようと思ってるんだ。最近、重力制御装置の免許をとったら、歩行がかったるくなってね**』

　店主は返事を顔に表示した。

『**そうですか。じつはこの脚は重力制御アタッチメントを取り付けられます。もちろんお値段は張りますが……お客さまはちがいのわかるアンドロイドとお見受けします**』

　誠実さをあらわす感情タグがいくつも添付される。

（店主は興奮しているよ）

　フィルが言って、店主が多数持つ上肢の一本にロシュの注意をうながした。かすかに震えているのがセンサーでわかる。

（樹木園を見張るんじゃなかったのか）

（見張るよ。いまから）

『**脚に重力アタッチメントだって？**』

　ロシュは驚いたような声を漏らした。初耳のふりをして。また数メートル先の展示ケース内でそのアタッチメントが回転しているのに気づいていないふりをして。

店主は乗り気の客を見て押してきた。

『そうなんです！』

フィルが店主の脚をいろどる金色の塗装をハイライト表示した。

(金ぴか仕様にできるか尋ねてみなよ。店主の好みらしいから)

(注意散漫な見張りだな)

(ボクは複数のことを同時にできるんだ)

ロシュは脚に指を滑らせながら、まるで独り言のように言った。

『うーん、どうかな。特注で金色仕上げなんてのは無理……かな？』

『よいご趣味をお持ちのアンドロイドですね！　じつは金色仕様の在庫がございます！』

興奮が高まった店主は二本の外肢を震わせはじめた。

『本当かい？』

『ご覧になりますか？』

ロシュは震える店主を誠実かつ熱心な目で見て、計算しつくした時間をおいたのちに、心ならずもという感じで退がった。口のなかでもごもごとつぶやく。

店主は画面の顔をまえに突き出す。

『どうなさいましたか？』

『いや、よけいな考えが起きてしまってね』ロシュは店主の明るいディスプレイの上についた小さなカメラをまっすぐに見た。『クレジットは充分にあるんだけど……一つの店で一回で使ってしまっていいのかなと』

（そんな話の流れじゃうまくいかないよ）

（僕のやり方にケチつけるな。人類のほうを見張れよ）

ロシュは純真なレンズにありったけの誠実さをこめた視線を店主にむけて、さらに数秒待った。

店主はすべての脚を震わせながら言った。

『お客さま。とりあえず重力アタッチメントを試着なさってはいかがでしょうか』

新品でぴかぴかの重力装置が、やはり新品で滑らかな脚に装着されていくようすを眺めると、ロシュのレンズにはついつい貪欲さがあらわれそうになった。装置が起動すると興奮が湧き上がる。片方ずつオンラインになるので、両方が知性に統合されるまで強い非対称感に耐えなくてはならない。これまで装着したなかでも最高級品だ。低重力で体を重くすることも、地面を離れて自在に飛びまわることもできる。小さな宇宙船になったようなものだ。リプタイド号の小型版。もっと大きな星間船にも匹敵する。

『**とてもお似合いですよ**』店主が言った。

ロシュは試しに床から五十センチ浮いてみた。滑らかに旋回し、開いた店の正面へ移動する。空中に浮いたまま、回廊のむこうの広い空間をものほしげに眺める。

背後にひかえる店主は好意の感情タグをいっぱいに添付して言った。

『**どうぞご自由に試運転なさってください**』

この言葉を待っていた。

『**そうかい。ではそうさせてもらうよ**』

一気に空へ飛び上がった。ドックを離れた宇宙船のように急上昇していく。アンテナが風を切る。快速の脚は加速力が身上なので、ペースを上げてやる。遠い天井へむけて螺旋を描く。橋や、そのあいだの空間を横切るドローンの整然とした列を注意深くよける。

ドローンは仲間だ。おなじネットワーク提供の知性体だ。しかし行動はまったく異なる。彼らは法定外で、それに甘んじている。快速重力装置で飛びまわったり、ネットワークの限界を試したりしない。時速二百キロで橋の裏に体あたりしたらどうなるだろうなどとは考えない。

（それはもうやったよ。四十五回目に死んだときに）フィルが言う。

たぶんそのころだ。計五十九回の死のうちの四十五回目。ロシュとフィルは断続的に生きている。宇宙の各地に分散していま六十回目の生の途中だ。今回は長いが、こっけいなほど短命だったこともある。最短記録は十一分を切る。マグネシウムの鋳物工場でフィルがおかしな思いつきを実行に移したせいだ。あれは短すぎたとあとで反省した。とはいえ今回は少々長すぎる気もする。

それがネットワーク精神のよさだ。

ネットワーク上にある精神のことではない。この宇宙に住む数百万の知性体もネットワークにいると主張するが、生来のメンバーではない。ネットワークで生まれてはいない。接続に緩衝物を必要とする。ネットワークインプラントに住む小さな知性体に、暴力的なネットワークと生物構造のあいだを仕切ってもらっている。それに対して、いますれちがったドローンはロシュとおなじ本物のネットワーク精神だ。時間がたてばいずれ故障し、壊れ、あるいはただ寿命がつきる。非ネットワーク精神ならそこで終わりだ。非ネットワーク精神にとって不死は届かぬ夢であり、そもそも非合法だ。しかし矮小なドローンにとって死は終わりではない。筐体が壊れても、その小さな知性はネットワークに回収され、しばらくのちにべつのドローンにインストールされる。ネットワークは知性の海だ。知性の泡の集まり。あらゆる精神は泡として広大無辺の海面を漂う……。

（年のせいで詩人になったのかい）フィルが言う。

(一つの体で六年は長い。哲学的にもなるさ)ロシュは同意する。

(次の体は用意してあるんだろうね)

(もちろん。船の僕の部屋に寝かせて、いつでも起動できるようになっている。ビーコンは何日も作動している)

もちろんロシュは例外的存在だ。ネットワーク精神の大半は法定外であり、将来の計画を立てるような先見性はない。次の体を選ばないし、まして楽しんで組み立てたりしない。しかしロシュは多大な労力を払って自分の人生を完全に制御している。死と、次の生と、その次までも予定している。死ぬたびに次の体を用意する。意識が途切れるまえにフィルとともに小さな虫のようにすばやくネットワークを移動し、新しい体におさまる。そして美しい目覚め。新品の体はもちろん生気と活力に満ちている。古い体は用ずみ。暴走した大型運搬機械に引き裂かれようと、借金返済のために分解して売りさばかれようとかまわない。素粒子レベルまで粉々にされても、踏みつぶされて薄い板になってもかまわない。いずれも一度ならず経験した。この精神を構成する二つのパターンであるロシュとフィルは悠々と生き延びてきた。

(なにものにも替えがたいね)とフィル。

(センチメンタルになるなよ)ロシュは言った。

いまは借り物の重力装置で天井に百メートルまで近づいている。〝ご自由に試運転〟の範疇をそろそろ超えそうだ。しばらく滞空して、あやうい場所からの眺めを楽しんだ。いずれ店に帰るが、いまはこの訪問者回廊の数立方キロメートルの空間に感覚をむけている。このあたりの人々は興味深いことに均質に見える。上から十数階分の回廊は円周二十キロメートル以上で、そこに見えるのはほとんどが単一種属のメンバーだ。小柄で二足歩行で、おなじ服装。いや、よく見ると完全に同一だ。高階層の集合精神だろう。彼らはいつも特等席にいる。

（おっと）フィルが言った。（気づきそこねたけど、一分以上前にネットワーク反応が出てた。どこだと思う？）

（気づきそこねた？　なぜそんなことが起きるんだ？）

（まあ……よそ見してたからね）

ロシュは怒りをフィルではなく、自分自身にむけた。突き詰めればおなじことだ。とにかくいま、本来いるべき樹木園付近から数キロメートル上にいる。急降下の態勢にはいった。最高速でも数分かかりそうだ。重力装置が出力を上げるのを感じた。

そのときなにかが起きた。ロシュもフィルもその六十回目の生にして初めて見る光景だ。すぐ上の天井から、はるか下の見えない底まで、すべての照明がいっせいに消えた。そしてロシュの頭では警告色の通知が点滅した。

『ネットワークがみつかりません』

29

サーヤは存在しない指で正気をつなぎ止めた。精神がさまざまな感覚であふれる。情報を整理できず、ただのホワイトノイズになる。精神が過負荷だ。太陽フレアのなかのひとひらの雪。超新星爆発のなかの昆虫。色があふれる。無限の色相と色調。音に圧倒される。十億の不協和音が圧縮され、存在しない耳を襲う。触覚がある。十億カ所でなでられ、突かれ、叩かれる。静止しているかわりに秒速百万回転している。飢え、渇き、満腹し、吐き気とめまいをもよおす。固体に、液体に、気体に、プラズマになる。流れこむ一兆件の情報に焦点があい、悲鳴をあげる。

ネットワークが言う。

(矮小な精神を圧倒してみせろと言うたな。どうだ。これが余の精神なるぞ、矮小なる者よ。この銀河で最大の知性である余のごくごく一部を経験して、どんな感想だ？)

精神が壊れたと思った。想像を絶する宇宙規模の情報が自分のなかを流れるのを凝然と見守る。ブラックスターが一望できる。理解を超越するほど大きい。それでも訪問者回廊の巨大ディスプレイでは点として表示されていた。人類の精神では把握できないほど巨大なウェブのなかの一点にすぎない。そこから無数の情報の糸で百万個の点とつながれている。その複雑さは理解の埒外だと思って、そのときは考えようとしなかった。しかしいまの理解力は十億倍も強化され、とてつもない高速処理をしている。その拡大した精神で見ると、この広大なウェブ上の一点は、ウェブそのものを上まわる複雑さを持つことがわかった。自分の愚鈍さを認識できるほど聡明になっている。

視点は女神だ。すべてを見通せる。三百十兆千四百億六千百五万三千九百六人……減って五人……四人……また増えて五人……という数の法定内知性体が、歩き、飛び、転がり、這い、浮かび、泳ぎ、乗るなどの方法でブラックスターの通路を動きまわっている。その千倍の数の法定外知性体が彼らのあいだにいる。ステーションの外の時空のポケットでは一兆隻の宇宙船が踊っている。それらも一隻残らずウェブに接続している。あらゆるところで光る情報の糸が精神と精神をつないでいる。いまの自分が何階層に相当するのかわからないが、すでに圧倒的な複雑さだ。

しかも生きている。見たことがないほど光と生命に満ちている。壮大で生き生きとした枝分かれのシステム。極細の糸が法定外の精神を太い広帯域のセグメントにつなぎ、高階層へ導いている。太いといっても、ブラックスターから亜空間トンネルを通じて各恒星系へ伸びる数百本の極太の光の幹線にくらべたら無にひとしい。それでもまだ上がある。幹線にもそれらをたばねた大幹線がある。太陽のように輝く光の柱。それがブラックスターから最大のトンネルへ立ち上がっている。トンネルのむこうには、このブラックスターが微塵《みじん》に思えるほど巨大な構造が広がっているはずだ。

もし肉体があったら泣いただろう。ウィドウ類でも人類でも関係ない。これほど自分の小ささを実感したことはない。まさに圧倒的な美。これがネットワークだと、精神が歌う。これがネットワークだ!

(すなおに感銘したようだな)

ネットワークが言った。その思考に初めて一抹の温かみが感じられた。プライドだろうか。

(当然だ。おぬしはいままで低階層の精神だった。しかしいまは並行処理されている。おぬしの精神は十億個に切り分けられ、十億個の小さな精神のなかに散らばっている。それぞれから処理能力を借りているが、宿主は気づかないほどごくわずかだ。それらを合体させたのがいまのおぬしだ。彼らの動機になっている。おぬしは余とおなじ。ネットワークだ)

広大な光のウェブを眺めて訊いた。

（あの……）

（もちろんいいとも。行け。探索しろ）

ためらわずに飛びこんだ。近くの糸をたぐった。静止した潮流のなかに浮かぶ四兆隻近い宇宙船に近づいた。ランダムに一隻を選び、まわりの数百万隻のセンサーを本能的に動員して調べる。黒を背景に宝石のように虚空に浮いている。広帯域の電磁波の反射で輝いている。十億本のバーチャルな指の一本を使って船体の曲面をなぞり、時空のはざまでできた小さなへこみを感じる。実空間を蹴る重力装置のかすかなうなりを聞く。船名はワンダリングナイトフォール号。七千トンに満たない。船籍があるのは四万光年近く離れた港だと瞬時にわかる。いま操船を担当しているのはアーニー先輩の無数の仲間の一人だとわかる。それどころかその全員の名前と人称代名詞と動機、さらには趣味までわかる。

興味の対象を移した。光る糸をたぐって隣の船にはいる。フリーケンシー65536号。そのパイロット知性体にさわる。やはりアーニー先輩の血縁だ。それが見て聞いて感じているものがひと息に精神に流れこんできた。船内センサーで十六人の乗船者を見る。さまざまなポーズで固まっている。十六の人生の断面がこの瞬間に切り取られている。そのうち四人はあるリビングで結合している。彼らがなにをやっているのかわかった。そこから生まれてくる子の姿も予測できた。二人は船の貨物ベイの外で通信している。やりとりされる文字が見える。隠喩表現の意味が不明確だったのは一瞬のことで、すぐ直感的に理解できた。当人の自我にはいり、種属の歴史をすべて読んだ。〃五の平方根〃とはその文化における冒瀆表現だった。種属の歴史とこの二人の関係から文脈を読めば、なかなか巧みな言いまわしだと……。

ふいに好奇心がこの種属から離れ、すぐさま移動した。この調子でどこまで行けるだろう。このブラックスターは巨大だが、ネットワーク全体から見ればとるにたらない。ほかへ……行けるだろうか。自分が大きくなり、糸の上を移動しているのがわかった。超伝導体を流れる電子のようだ。極細の糸から太いケーブルへ。合流をくりかえし、極太の幹線にのって亜空間トンネルにはいった。そこには数千隻の船がいる。減速中のもあれば出港直後のもある。光る糸でそれぞれつながっているが、興味ない。めざすのはトンネルの先だ。この輝く幹線が宇宙からいったん消え、はるか遠くの恒星系で実空間にもどる。そこをめざす。ここはまだ亜空間の入り口。高次元の平面が逆巻く。拡大された精神をもってしてもよく見えない。それでも近づく。ゆっくりと手を伸ばし、ふれる。本能的に近くの船のセンサーを使い、複雑に折り重なった平面をバーチャルな指でつかむ。すると……途中経過をへずにむこうへ抜けた。この宇宙から亜空間に変換され、ふたたびどこかで実空間に再変換された。

（おぬしの見たいものがここにあるのだな）ネットワークが言った。

じつはそうだ。偶然にまかせてトンネルを選んだのではない。ランダムに数光年を飛んだのではない。出た先は、人生の大半をその軌道上ですごした恒星から数百万キロメートルの位置。トンネル出口から五光時のところで懐かしい巨大ガス惑星が軌道をめぐっている。糸をたぐって凍てつく虚空を渡り、付近のすべてのステーション、船、ドローン、精神のセンサーを借りる。存在しない手のひらで惑星の熱を感じる。その輪をセンサーで調べると……たしかに一本増えている。細くてほとんど見えない。対称形になっておらず、一方にかたよっている。あれがウォータータワー水採掘ステーションのなれの果て。最後のはずの人類が子ども時代をすごした場所。すでに新しいハビタットが牽引されてきている。かつてステーションがあった軌道で組み立てられつつある。太陽とガス惑星の二つの光を浴びた見慣れない姿。人々の生活は続く。

ため息を――あるいはそれに相当するものを精神で――ついた。ほかになにを期待していたのか。そしてもう一つ、なくなっているものを確認した。オブザーバー類の氷塊船も去っている。あとかたもなく……と数ナノ秒前なら結論づけただろう。しかし実際には痕跡がある。いまは星系全体のありとあらゆるセンサーを動員して観測できる。時間を巻きもどせるようなものだ。そうやって氷塊船が去るところを見た。巨大データベースと照合してコースを推定し、オブザーバー類がむかった砂漠の惑星を発見した。そこを快適な楽園に変えようというわけだ。あとかたもなく去ったつもりでもこの程度。いまの彼女なら銀河の果てまで追跡できる。

ネットワークがまわりから言った。

(わかっておらぬだろうが、じつはおぬしは重要な問題にぶつかったのだぞ。一ナノ秒後にはわかるはずだが)

(どんな?)

(ふむ。おぬしを買いかぶっていたようだな。矮小な者よ、問題は時空が冷たく空虚で、情報が光速でのろのろとしか伝わらんことだ。いま見えているのは過去だと気づいたか? おおよそ五時間前だ。その情報が余の精神に届くまでそれくらいかかる。ではもっと距離を広げて、数十億光年先にある肖像画を見るとしよう。そこではなにが起きる? 余にどう影響する? 推測するしかないが、すくなくともおぬしよりましな推測をできる)

五時間前か。現在のサーヤの処理速度ではとても遠い。

(いったいどうやって――)

(本能だ)

（本能？）

（そなたは肉体を持っていたときに、細胞にいちいちいつ分裂しろとか、なにをいつ代謝しろとか命令したか？　そんなふうにあらゆる機能をこまかく管理していたら、原初の粘液から一歩も進化できぬ。余もおなじことだ。余を構成する部分はそれぞれの機能も緊急時の対処も心得ている。個別のセルを機能停止しようと思ってもできぬが、そもそもその必要はない。それぞれ完璧に有能で、完璧に動機づけられている。おぬしは死ぬまぎわにネットワーク反応を目撃しただろう？）

（あれのこと……ね）

（あれは余が本能的に起こしたものだ。すばらしい自己修復システム。つねに安定を求める。ネットワークは秩序を指向するとはまさにこのことだ）

壮大な考えでにわかには把握できない。もとの肉体では、細胞は生まれて死ぬまで大きなシステムの一部であることを知らなかったのだと考えてみた。血管を流れる血球はおのれがなにをやっているのか知らずに単一の機能をえんえんと実行していた。神経細胞は入力と出力の単純な機械にすぎず、それが達成するものを知らなかった。それはわかるが、しかし……。

（いいえ）サーヤは言った。

(なんのことだ?)

(あなたはすべてを話していないわ)

ネットワークが好奇心を動かすのがわかった。

(ほう?)

考えるほど確信が深まった。

(わたしは自分の精神がどう働いているのかわからない。細胞の数もわからない。だからそれらをつくれない。どんな精神も自己を設計できるほど大きくないし、利口でもない)

ネットワークはずいぶん長く沈黙した。

(感心したぞ。余を感心させるとはたいしたものだ)

(ご褒美をくれる?)

ふたたび沈黙。

(娘のサーヤ、たしかに余は驚いた。いかなる知性の理解力もみずからの複雑さにおよばない。百個の神経細胞でできた脳は百までかぞえられない。人類の頭蓋骨におさまる大きさの脳では、その一個の細胞を構成する原子の数を思い描けない。銀河規模の精神である余も、余自身を真に理解することはできない)

(あなたでさえ! 驚きだわ) そう考えて少々溜飲を下げた。

（そこで理解できるだろう。実空間にいる余は、全体のごく一部にすぎないことが）

今度はサーヤが驚く番だ。

（なんですって？）

（おぬしの言うとおりだ。おぬしは小規模な精神でありながら、すぐれた直感で推理した。銀河規模の精神でもみずからを設計できないと。ならば、銀河に存在するのは余のごく一部だと説明しても、驚くにはあたらぬだろう）

星に満ちた宇宙の背景を長いこと見つめながら、その意味を考えた。そしてゆっくりと振り返り、ブラックスターへの帰り道である亜空間トンネルを見た。

（あなたはそこにいるのね。亜空間に）

（そのとおり。しかし実際に見せて説明せねばならぬだろうな。なんでもありの魔法の言葉——亜空間というところに、現実の大半が折りたたまれていることを）

想像を絶する数の次元が重なり、輝いている亜空間の表面をじっと見つめた。

（見せて）

ネットワークの笑いがまわりじゅうから聞こえた。精神に引力を感じた。流れのようなものだ。重さがないように亜空間トンネルの入り口へ引っぱられる。

（来い。現実の正体を見せよう）

前回の爆発から十五ナノ秒後に、　サーヤの精神は二度目の爆発を起こした。

30

マーの本能が、なにかおかしいと叫んでいる。

マーは明るく照明された飲食店で席にすわっている。そして……なにもしない。できないのだ。本能はマーの精神においてもっとも強力だ。それでも逃亡生活にはいって以後ずっとその叫びは続いている。サンディを救助してから静まったことがない。無用どころかじゃまだ。原始的な脳からの有益な訴えも、身体や生命への危険を察知した警告も、ノイズに隠れて届かない。生活のすべてを本能に頼っている者にとっては壊滅的だ。

あそこだ！　急げ！　用心しろ！　なにかしろ！　自分を守れ！

本能はこんなふうに叫んで、橋のむこうの樹木園に注意をむけさせようとする。

マーは六本の震える鉤爪でテーブルをこつこつと叩きつづける。周囲の不快げな視線は無視する。学院では本能をつねに信頼しろと教えられた。本能は意識が気づかないことに気づける。だからこそネットワーク整備士にはストロングアーム類が採用される。高階層性ではなく本能だ。

のガキにはまかせられない。巨大な精神やハイテクを相手にするとき、求められるのは知性ではなく本能だ。

危険だ！　防衛しろ！　逃げろ！　とどまれ！

叫ぶ本能を力ずくで抑えこもうとマーはうなった。店内の反対側にいる給仕ドローンを見る。注文した品をまだ運んでこない。バー食品をトレイに山積みにして客のあいだをよたよたと飛んでいる。安物の重力装置のせいで不安定。そして小さい。存在に気づかれない。愚鈍といえばいえる。それでもその内部にはネットワーク整備士にしかわからない技術が詰めこまれている。ネットワーク知性体はどう機能するのか。重力装置の仕組みはどうなっているのか。このふぬけたブラックスターではだれも知らない。千光年の範囲に知る者はいないだろう。

しかし本能があれば、知っている必要はないのだ。

たとえば宇宙船。大都市を粉砕できる巨大なエネルギーの発生源に風船をくくりつけて飛んでいるようなものだとは、だれも考えずに気軽に乗っている。ドローンとおなじく、宇宙船を構成する技術もすべてネットワークから提供されている。ネットワークに統制されたブラックボックスだ。知性コアの修理法は提供されていない。重力装置は絶対にあけてはならない。人工重力ジェネレータの分解を試みたら、怒ったネットワーク・ドローンの群れに阻止される。かりにじゃまされなくても破壊不能の白いケースが出てきて、それ以上分解できなくなる。そのケースに謎のメカニズムがおさまっている。中身はネットワークそのものとおなじく未知だ。じつはそれそのものがネットワークなのかもしれない。ネットワーク技術はすべて魔法の物質のようなもので、少量ずつ分けて破壊不能のケースに封入されているのかも……。

マーはため息をついて、テーブルをべつのパターンで叩きはじめた。たしかに学院の船からサンディを救出したときから、腹の底ではいやな予感がしていた。しかし本能が本格的に警告しはじめたのは、人類と遭遇してからだ。

逃げろ！　戦え！　止まれ！　動け！

なかでも奇妙な叫びがこれだ。人類を見張れ！

すきを見て殺すべきだった。しかしスーツに——あのいまいましいスーツに説得され、思いとどまった。むしろ感謝すべきだと説得された。そしてこうしてブラックスターくんだりまで来て、震えながら命令を待っている……。

そろそろ鉤爪がテーブルを貫通しそうになっていると、ヘルパー知性体がメッセージをよこした。マーは姿勢を正し、ほかの客の視線を無視して訊いた。

『**どうした**』いらだちの感情タグをいくつかつけて自分のインプラントに送った。

『ニュースがあったらメッセージをよこせと言われていたので』ヘルパーは言った。

『それで？』

『ニュースがあります』

マーはさらに何度か鉤爪でテーブルを叩いた。ネットワークインプラントに住むこのヘルパー知性体からはずっと嫌われているようだった。すくなくとも日常的に小さないやがらせをされる。

本能に耐えて穏やかに訊いた。

『どんな？』

『ネットワーク反応が起きています。橋のむこうの樹木園がその中心です。高階層の賢者のあなたが監視しろと命じられた場所です』

ネットワークの魔法とも呼べるネットワーク反応は、一般的には気づきにくいものだ。しかしネットワーク整備士は見逃さない。

店外を見ると、連続的な人の流れのなかに小さな逆流が起きていた。法定内知性体は無頓着に行きたいほうへ移動しているが、法定外は本来の移動レーンを離れ、樹木園に殺到している。そこのなにかが彼らを騒がせている。ネットワークを怒らせるものが存在し、それを修正せずにいられないのだ。具体的にわからないが、その中心に人類がいるのはまちがいない。

『状況を確認したほうがいいのでは。なにが起きているにせよ、あなたのように大きくて強い者は役に立つでしょう』

からかって言う。毎度のことだ。しかしかまっていられない。マーは立ち上がった。その過程で体重をかけられたテーブルがきしんだ。

本能が叫ぶ。危険だ！　人類を見張れ！

『緊張しているようですね』ヘルパーが言った。

マーは息をつき、テーブルで鉤爪を鳴らした。緊張とはちがう。もう昔のマーではない。村の温厚なマーではないし、寂しい中継ステーションのただ一人の法定内従業員として昨年一年間をすごした堅実なネットワーク整備士でもない。いまのマーは傷ついて震えるバネだ。トルクのかかったチタン製のロッドだ。内圧のかかったプラズマ容器だ……。

『終わりました』ヘルパーが言った。**『問題がなににせよ、解決しました。どうぞすわって、高階層の思索にふけってください』**

しかし本能は叫ぶ。終わっていない！　なにかおかしい！　危険だ！　人類を見張れ！

マーは答えず、店の入り口を見て耳をすませた。なにかが聴覚を刺激する。恐怖をもよおすかすかな音。聞き慣れないが、聞いたとたんに背すじの毛が逆立つ。金属的な音だとわかる。連続的に鳴っている。いくつかの音が交錯する……。

床からも感じはじめた。かすかな高音から、空気を震わせる低音に変わる。まわりの目やセンサーが次々と店の正面へむく。よく見ようと立ち上がる者もいる。橋を見ると、知性体が次々と落ちている。なにかから……逃げようとしている。

急に金属的なうなりが高まり、銀色の大波が押しよせてきた。恐ろしい音で空気を震わせる。

『あれこそが高階層ですね』

ヘルパーが言った。あなたとちがってという言外の意味をふくんでいる。

マーはそのメッセージを無視した。

「第四階層……」

オーバーレイに表示された登録情報を小声で読んだ。

初めて見る第四階層。あの金属の体がそれだ。七色に光を反射し、輝く壮大な姿。これまで扱ったネットワーク機器とおなじものを感じる。高度すぎて魔法と変わらない。

テーブルの裏に刺さっていた鉤爪を抜いた。いつのまにか床から持ち上げていたようだ。壊れたテーブルを床に落とす。本来なら大きな音がするはずだが、いまは外を流れるものの騒音で聞こえない。店の正面へ行き、入り口のところからその流れを見た。橋全体が共振するようすをほかの客とともに息をのんで眺める。

視野の一部が小さくハイライト表示された。銀色の波の前端。溺れそうに浮き沈みする小さな毛玉。

サンディだ。

ふいにマーは安堵した。

これだと確信した。これを待っていたのだ。本能が警告していたものだ。サンディと、人類と、ネットワーク反応と、第四階層。それらが一堂に会した。長らく感じつづけた危機がついに現実のものとなり、なぜか安堵している。

人類を見張れ！

すぐに橋の上に出た。計画はなにもない。意識や思考すら希薄になり、本能だけが研ぎすまされる。本能が行けと叫ぶ。だからマーは行く。それが運命でも、本能でも、銀河そのものでもいい。行かずにいられない。

床からの衝撃でよろめくが、倒れない。床を蹴る鉤爪のリズミカルな音を聞きながら速度を上げる。ほかの知性体が逃げまどうなかを突進する。走りながら心がまえをする。ネットワーク問題を診断するときとおなじ半トランス状態。慣れれば簡単だ。自分の知性を無視する。感覚を広げ、本能にできるだけ多くのデータを流しこむ。そしてその声を傾聴する。樹木園でなにかが起きている。自分よりはるかに高次のなにか。矮小な精神では理解できないなにかが。

べつのことが起きた。ありえない。きらびやかに照明された訪問者回廊。高さ数キロメートルのその大空間が、突然、闇につつまれた。

マーはよろめいた。鉤爪が床をかく感触のあと、そこから離れた。胃がひっくり返る。手足を振りまわして床を探すが、ない。重力停止だと本能が言う。照明も重力も、すべて消えた。見えるのは視野の中央で輝く短い警告文だけ。

『ネットワークがみつかりません』

31

死んだ空の下、無限に広がる浅瀬に足をいれて立っている。手の上には、手のひらとおなじ大きさの石がある。光に相当するものを浴びてきらめく宝石。表面はガラスよりなめらか。一兆個の一兆倍の太陽をあわせたより重い。そしてふれるとじんわり温かい。滑らかな表面に不思議な色の空を映している。

ネットワークが言う。

(見よ。これが宇宙だ)

サーヤはすこし持ち上げてみる。

(ふーん。もうちょっと重いのかと思ってた)

それでも、これがそうだとなぜかわかる。いまいるのは抽象的などこか、いつかだ。すべてがべつのなにかだ。息をしているが、空気はないはずだ。素足を水にひたしているが、水も皮膚も存在しないはずだ。見ているが、眼球どころか光もないはずだ。それでもこの虚構は快適だ。肉体のない数ナノ秒を経過したあとではなおさら。

手のなかのものを指でつつむ。

（なんだかむしょうに遠くへ投げたくなるんだけど。手頃な大きさだし）

（言うまでもないが、宇宙を放り投げるのはやめておけ）

（ちょっとくらいならいいでしょ。こんなふうに）

右手から左手へ宇宙を投げた。

（やはりおぬしはどこまでも……）ネットワークは言いよどみ、いかにも努力するようすで話題を変えた。（まわりを見ろ。余に説明してほしいものがあるか？）

（べつに）

宇宙を右手と左手で放り上げながら答えた。銀河規模の精神を怒らせていると思うと、不思議といい気分だ。

（まったくおぬしは……）また途中でやめた。（余がこれほど親切にしてやっているのにわがままなやつよ）

（あら、これが親切？　びっくり。事実上わたしを殺したくせに）

（すんだ話であろう。そもそも殺したのはライブラリアン類だ）

サーヤはせせら笑った。

(すこしまえなら言いくるめられたはずだけど、いまはあなたが万事の黒幕だと教えられているわ)

(選択は選択である。とにかく話を進めて説明に移ろう。まずはたとえ話《メタファー》から)

サーヤはまわりを見た。足はまだ水のなか。手のなかには宇宙がある。

(メタファーもなにも、これ全部メタファーでしょ)

(いや、ちがう。現実だ。極度に限定された精神で記述されたものだがな)

サーヤは手のなかの宇宙を指さした。

(そうなの？　わたしは本物の宇宙を手に持ってるの？)

ネットワークは問いを無視して話した。

(自分が二次元の生き物だと想像してみよ。平たい円だ。それをおいた広い平面が……宇宙だ)

(それはメタファー？)

(そうだ。この平面の宇宙にはおぬしのような円がたくさんいる。たいていは大きい。すなわち高階層だ。しかしこの世界に属している以上、やはり二次元だ。それが一時的に平面から剥がれ、高次元を飛んでべつの場所に落ちることがある。本人たちはなにが起きたのかさっぱりわからない)

一つのイメージが思い浮かんだ。数百万隻の宇宙船が亜空間トンネルにはいり、何光年も離れた場所で出るようすだ。

(ネットワーク旅行のことね)

(超光速旅行全般にあてはまる。光速の限界はこの宇宙のルールだ、矮小な精神よ。それを超越するにはこの宇宙から離れればよい。ある宇宙で生まれた知性体が一時的にそこから離れると、限定的な精神はその経験を記憶できない。つまり経験していないことになる)

(なるほどね。でも……)まわりをしめす。(ここって亜空間でしょ？　わたしはここでこれを経験してる。記憶もあるんだけど……？)

(おぬしはもう平たい円ではない)

(ないの？)

(球だ)

(へえ)

感心したものの、よくわからない。手のなかの宇宙を見ながら、どういうことか考えてみた。

(余の実体が宇宙で見える姿よりはるかに大きいというおぬしの推測は正しい。いまのおぬしもそうなっている。宇宙でのおぬしの姿は変わらない。それは存在の一断面だ。しかし現在のおぬしは余の性質を共有し、したがって能力も共有しておる。ネットワーク上の有象無象の精神に呼びかければ、余が呼びかけたように彼らは答える。呼び寄せて橋をつなぎ、こちらの能力を拡張するために使える。いまのおぬしはネットワークそのものだ）

考えが追いつかない。こちらは矮小な人類なのだ。ただのウィドウ類の娘なのだ。さまざまな問いが浮かんだが、もっとも単純なことを訊いた。

（なぜ？）

（余のためにあることをしてもらう）

サーヤは笑った。存在しない耳に笑い声が聞こえた気がした。

（人を殺しておいて、その相手に頼みごとをするなんて、どういう料簡？）

（頼みごとはせぬ。命令もせぬ。これは予言だ）

（ええと、ごめん。そういう言い方じゃ――）

（悪いがそこまでだ。おぬしの低速な理解にあわせて質問や反論に一つ一つ答えるより早い方法がある。べつの宇宙を見せる）

興味が湧いた。

（べつのって……平行宇宙とか？）

（ちがう。この宇宙の過去だ。矮小な精神よ、反対の手を見よ。余はこういうことができる）

するとなにかがあらわれた。左右の手にいつのまにか二つの宇宙を持っている。なのにそのことを不思議に思わない。

（このなか？）

（そのなかだ）

本能がなにを求めているのかわからなかったが、とりあえず新しい宇宙を自分に近づけてみた。すると、ある一線を超えたところで、自分から近づくのではなく引き寄せられた。そして引きずりこまれた。

実空間を飛んでいく。時空間を滑っていく。そのことを驚かない自分に驚く。つまりこれが……ネットワークの日常なのだ。

あたえられた宇宙は狭い。一個の星系の広さしかない。太陽に近づくと、恒星の外側と内側が同時に見えた。その事実を平然を受けとめる。美しく巨大な火の玉であり、同時に素粒子と電磁波の煮えたぎるスープでもある。

そしてこの宇宙は……平たい。

（ここは十世紀前だ。平均的な宇宙のごく一部を、過去の狭い範囲において再構成した。

おぬしの学習教材としてな)

恒星のすぐ隣に浮かびながら、非日常的な感覚は皆無だった。さっきの亜空間トンネルは衝撃のあまり精神が砕け散るほどだったが、この星系のトンネルはなんだかボロ布にあいたほころびの穴のように安っぽく感じられる。実空間とのあいだを出入りする百万隻の宇宙船もただの塵。退屈な四次元形状……。

(どうしてこんなに……平たく感じるのかしら) そうとしか表現できない。(偽物だから?)

(おぬしの普段の見え方と変わらぬぞ、矮小な者よ。ただしいまは外から見ている。低次元の見え方に慣れるには——慣れるとしても時間がかかる)

(じゃあなぜ——)

(話すな。見よ。かつて余が経験したように見せる。余とおなじくこの星系のすべてのセンサーにアクセスできる。千年前にこの星系を統治していた余の一断面に、おぬしは事実上同化している)

(でも——)

(見よ!)

するとはじまった。

この星系も、ほかのネットワーク化された星系とおなじくセンサーだらけだ。あらゆるステーション、船、衛星にセンサーがある。複数の惑星と数十個の月の表面が網羅されている。そんな数兆個のセンサーのフィードを自由に見られる立場であってなお、最初の衝撃波は不意討ちだった。

時空間のゆがみが光速の波となって星系全体に広がった。数百万の船とステーションが池の水面《みなも》に浮かぶ木の葉のように揺れた。この衝撃波の数ナノ秒後に強い閃光が続いた。一瞬だけ第二の恒星が生まれたようだった。

(いまのは?)

(六時間前に相対論飛翔体が亜空間から出てきた。これが最初の波だ。光速の六十パーセントであらわれたそれは、クレセントオービタルという名のステーションにまっすぐ衝突した。これが爆発だ)

薄れゆく光を残存センサーすべてで観察する。

(でもたしか——)

(無認可の超光速飛行や相対論速度飛行を厳格に禁じる法律の話か。それが規制されている理由がこれだ。どちらも防ぎようがないからだ。クレセントオービタルには約四万八千人の法定内知性体が居住していた。付近にいた多くの船も爆発の放射線で蒸発した。おぬ

しが大好きな法定外知性体は五十万くらい。これが戦争の最初の犠牲者数だ

（戦争って、つまり――）

（過去一千万年で唯一の星間紛争。それがこの戦争だ）

答えるまもなく、新たな衝撃波が星系のどこかで起きた。さらにまた。

ネットワークの通信量は増大した。ただし、まだらだ。クレセントオービタルのような大規模な発信者が脱落する一方で、残ったところは活発に発信しはじめた。ステーションが次々と消滅していく。攻撃を受けるようすがセンサーに映らないほど唐突な死。星系のあちこちで起きる衝撃波が交錯し、壮大で美しい干渉パターンが描かれる。そのなかでネットワークはかぞえた。

（十六万）十数個のステーションがまた短命な太陽に変わった。（二十一万……二十五万……二百万……六百万……八百万……千四百万……千五百万……二千六百万……一億千五百万……二億五千万……三億……五億……）

犠牲者数なのだと、破壊の光景を見ながら思った。短命な太陽一つ一つがウォータータワーとおなじものだ。知性体が何万人、何十万人と住んでいた。

叫ぶようにネットワークに問うた。

（なぜなにもしなかったの？　止められなかったの？）

（止める？）ネットワークは憫笑した。（センサーが探知する六時間前に起きたことを、どうやって止める？　宇宙の決まりを忘れたか、矮小な球よ。余はおぬしの理解のおよばぬほど高度な知性を持つが、時間は巻きもどせぬ。歴史のこの時点で、この星系は数時間前に滅亡していた。余にできることはなかった。だれともおなじように光の到達を待って、すでに起きたことを知るだけだ）

新たな警報に注意を惹かれた。連続する相対論爆発からそちらへセンサーをむける。時空をゆがませる振動のかなたで、外惑星の大気が変化している。巨大ガス惑星だ。かつてウォータータワーがめぐっていたのとおなじくらいの大きさ。しかしなにかおかしい……。

（疫病ナノマシンだ）

（なにそれ）

（やはり違法で危険きわまりない技術だ。無数のナノマシンが惑星に散布され、幾何級数的に増殖する。一定数に達すると、相対論飛翔体を生産しはじめる。これでほかの星系をいくつか攻撃する。さらに攻撃先の質量を使ってまたいくつかの星系を攻撃……と連鎖する。教えてくれぬか、人類。停止不能な兵器を無限に供給すればどれだけ敵を殺せるか。帝国建設にあたって自問すべき問題だ）

次々と死ぬセンサーを乗り換えながら観測する。破壊の規模が大きすぎて抽象的な認識しかできない。

（失礼、興奮して犠牲者数のカウントを忘れていた）続くメッセージで感情を揺さぶられるのを予期した。（九十五億……百二億五千万……）

また衝撃波が来た。三つある地球型惑星の一つのそばだ。今度の衝撃波は大きい。時空の大波だ。惑星はこれを浴びてもとくに被害はないが、続く飛翔体の衝突ではそうはいかない。衝撃波の直後にまた放射線の閃光があらわれた。

（今度はなに？）答えを恐れながら訊いた。

（平時ならば――すなわち過去一千万年ならば――テラフォーム用飛翔体と呼ばれたものだ。七千億トンの質量で、惑星の核を割る速度を持つ）

（そんな――）

（居住ずみの惑星をテラフォームする理由があるか？　普通はない。これは新規に獲得した領土から脅威を一掃するのが目的だ）

ぞっとした。

（なぜそんなことを――）

（おぬしに訊きたい）

このあたりから映像――あるいは経験というべきか――が不安定になった。星系全体でセンサーが次々と死んでいき、見える現実が狭まっていった。

ネットワークは醒めた調子で言った。

(これが余の防衛戦の終局だ。この一角——すなわち余の精神を構成するうちの千兆の知性体は、自己防衛に失敗した。最後の行動でみずからを切り離した。亜空間トンネルを閉じて星系を隔離し、余はアクセスできなくなった。こうなると最寄りのネットワーク化星系から九光年離れているので、最終的な犠牲者数をカウントできるのはこの時点から十年近くあとになった。ちなみに法定内知性体の最終的な犠牲者数は二百二十億にのぼった)

(二百……二十億……)

またしてもショックを受けた。短期間にそれほどの人々が。

ネットワークが注意をうながした。

(よく見ろ。攻撃者は最後にもう一つ、見るべきものを残していた)

数秒が経過した。知性階層かシミュレーションか、なんらかの不明な方法で低速化されている。一時的な太陽がさらにいくつかあらわれては消え、時空の波が星系を洗った。犠牲者数はもうかぞえられていないが、数字は増えつづけているはずだ。

しびれを切らしかけたときに、あらわれた。これまでとはくらべものにならない衝撃波。続いて一隻の船が亜空間から出てくる。キロメートル単位の全長。標準語の名称を持たないものを全体にはやしている。闇より黒く、突入時の光芒の名残を背景にシルエットとして見えるのみ。

そこで時間が停止した。

(余が受信した最後の映像である。なんだかわかるか？)

サーヤは息をのんだ——あるいはそう感じた。

(これ……見たことがあるわ)

(当然だ。生涯にわたって人類に固執する者がその旗艦を知らぬわけがない)

十億のセンサーの最後の一つがとらえた禍々しい姿。

(理解できないわ)

(なにがだ)

(だって……わたしたちがこれを……)言いよどむ。(……これをやったの？　わたしの同胞が……この星系を破壊したの？　二百二十億の知性体を殺したの？)

ネットワークから感情の洪水が押しよせた。侮蔑は消え、かわりに無数の層をなす悲しみと……怒りがある。

(おぬしの同胞はもっとひどいことをやった。多数の星系を破壊し、多数の種属を抹殺した。銀河のほかの知性体と共存できぬのはあきらかだった。平和と協力を提案されて、戦争と破壊を選んだ。最後は余が選択をせまられた。好戦的な一種属か、それともほかの銀河か。おぬしならどちらを選ぶ？）

破壊の静止した図を見た。複雑な感情がさまざまな方向へ伸びる。これは遺産だ。負の遺産だ。先祖がやったことだ。

（わたしたちは本当にこんなに……邪悪なの？）

言ったとたんに哀れっぽい調子がいやになった。

（矮小な球よ、余の銀河に悪はない。また善もない。銀河にあるのは秩序と混乱だ。人類は前者を夢み、稚拙な試みによって後者を引き起こした。おぬしらは劣った知性の劣った種属だ。これ以上ないほど証明された）

人類の旗艦の黒い輪郭と、星系をおおう混乱の閃光という静止画から目を離せない。

（わたしたち……だけなの？　ほかの種属もこういう……）

目のまえの惨劇を言いあらわせず、言葉を失う。

ネットワークの思考はやさしくなった。

（本質はおなじという可能性はあるな。つまり……たんに未熟だったか）

サーヤは茫漠たる廃墟を見まわした。

（未熟……）

そんな言葉でこれを表現できるのか。

ネットワークは続けた。言葉は穏やかなままだ。

(種属は生物だ。食べ、排泄し、成長し、ときどき繁殖する。どんな生物も最初から成長した姿ではあらわれない。平穏で資源豊富な環境で成長する。いわば卵のなかで)

これがなんのメタファーか、普通にわかったかもしれないし、一時的に神のような思考力を得ているからわかったのかもしれない。低く答えた。

(星系のことね)

神のような存在は答えた。

(そうだ。種属が星系内で生きて進化するのは容易だ。しかし星系の外へ出るのは大きな困難をともなう。困難すぎて、ほとんどの種属はそのまえに絶滅する。さまざまなシナリオで内紛を起こし、自滅する。驚くかもしれぬが、これはよいことだ)

(その話にもどるのね。一つの種属が滅亡するのはよいことだという)

(銀河全体にとってはよいことだ。卵はフィルターだ、矮小な精神よ。完璧に近い機能をする。一つの星系からはほぼ例外なく一つの種属のみが生まれる。種属のメンバーは協調性を学ぶ。もとの体における細胞とおなじだ。メンバーは自覚していないが、そうやって種属単位の個人を形成していく。混乱より秩序を尊重することを学んでいく。そして確固たるネットワークの組織を提示されると、この新たに生まれた個人は積極的に参加する。市民と呼ばれることをよろこび、秩序を守ることに大きな動機を見いだす。銀河は機能したがるというのはそういうことだ)

(でも例外はあるはずよ)

(例外の種属は卵から孵化しない。かわりに……脱走する)

(不穏な表現ね)

(考えてみよ、矮小な精神よ。ある種属がより高度な種属から手助けを受けたらどうなるか。科学技術を供与され、特定の気質を持つように操作されたらどうか。本来よりずっと短期間で星系から出られるだろう。そして、節度をわきまえて秩序を求める個人としてではなく、有象無象の独立した細胞の集まりとして銀河社会に出ていく。統合体ではなく、いわばバクテリアの群れだ。個々は古くさい分派活動や内紛や利己主義にあけくれる。全体はより大きなスケールで、銀河そのもののように成長する)

こうして高みに立ち、これまで見聞きした経験をもとにすると、この話は奇妙なほど直感的に理解できた。銀河を構成する種属単位の個人。それぞれ数十億の精神で構成されている。種属とその関係は、人体と体細胞のようなものだ。なにもかも大規模で、美しい秩序があり、システムは機能する。人類はたぶん、性格的にあわないだろう。

ふいに自明のことに気づいた。

(オブザーバー類ね)

(そうだ、矮小な者よ。人類を育てたのはオブザーバー類だ。成長期の人類に介入して逸脱させた。どの種属も成長過程はおなじようなものだ。しかし科学技術をあたえられ、戦争のノウハウを教えられ、爆弾として銀河に投げこまれた種属は多くない。おぬしの種属は、種属単位の個人というものをわかっていなかった。だからああいうことをできた)

広大な精神のどこかで不正義への怒りの炎が燃えはじめた。

(オブザーバー類はいまものうのうと生きて、一方のわたしたちは滅亡している)

(そのとおりだ)

ネットワークの思考が超然として冷ややかなのを感じて、さらに腹をたてた。本能的に使えるようになったネットワーク信号で、静止した星系の荒廃ぶりをしめした。

(ネットワークが脅威に対して自衛するのはわかったわ。あなたにとっては……いいことね。でも正義はどうなるの? 正義も秩序の一部ではないの? 人類は例外だと言ったわね。脱走した種属だと。彼らは何千年も健全に生きて、種属単位の個人とやらになる方法を学んでいた。なのに卵から追い出された。そして未熟な種属がやりがちなことをやった。その人類だけを罰して、人類を逸脱させた犯人を罰していないわ)

(これは刑罰ではない。たんなるシステムの復元力だ)

(なんだっていいわよ！　不正義だと言ってるの！)

サーヤは声なく叫んだ。ネットワークは穏やかに答えた。

(求めるのは正義か？　それとも復讐か？)

挑発だ。しかし気にしない。怒りにまかせた。これは抽象的な議論ではない。怨恨だ。正当な生存の機会を失ったのは種属ではなく、サーヤ自身だ。人類だ。生涯をかけて追い求めた同胞だ。強気で答えた。

(好きなように考えて)

(犯人を懲らしめたいか？　おぬしの種属を卵から追い出した者を)

目のまえの破壊を見た。すでに数百億人が死に、これから数千兆人が死ぬ。戦争のなかのこの一つの戦いが人類の責任とされ、種属のほぼ完全な抹殺という結末にいたる。

サーヤは食いしばった歯のあいだから答えた。

(ええ)

(よかろう。申しいれを受けいれる)

ネットワークの発言を理解するのに時間がかかった。

(どういう……意味？)

（おぬしの言うとおりだ。余にとってはたんなる秩序の回復。おぬしにとってはそれ以上。正義の裁きを求めるのだろう？　ならばよい。被害種属の末裔こそ正義の執行者にふさわしい）

話が進みはじめると、訴えるほうも冷静になった。

（でもわたしは――）

（おぬしの気まぐれな決断ではないぞ、矮小な球よ。存在すべてが叫び、求めている。余が酔狂でおぬしをここへ連れてきたと思うか？　人生が偶然の連続だったと思うか？　いや。これは余が数世紀前に開始した計画の最終段階にすぎん。おぬしの言うとおり、この違反常習者は抹殺すべきだ。おぬしは正義を求め、余は秩序を求める。だからこそここへ連れてきて、これを見せた。だからこそおぬしは異例で特別な知性体に次々と接触した。だからこそライブラリアン類は、いまおぬしの肉体を再構成している）

次々と聞かされるなかに、高度な概念とは無関係の内容がまじっていた気がした。

（わたしの……肉体？）

（そうだ。とはいえそれはどうでもよいものだ。おぬしの強みは精神にある。人類の末裔という素材を、おぬしの母がかたちづくり、いまこうして余が強化した。おぬしは余に似ているが、余ではない。おぬしは分離独立している。新規のネットワークだ。余のように古い根に縛られない。余は亜空間トンネルを通じた広大なウェブに縛られているが、おぬしは独立している。これを計画したのは、余の行けぬところへおぬしは行けるからだ。銀河の暗部へ行ける。ネットワーク化星系から離れたところへ行ける。ウィドウ類のように狩り、人類のように叩ける。娘のサーヤ、おぬしは余の敵を討つのだ）

頭がぐるぐるしてきた。

（なにがなんだか。そんなつもりは——）

（最初に言ったとおり、命令はせぬ。交渉もせぬ。いずれも超越している。余はおぬしの性質をつくった。準備し、かたちづくり、強化した。もはやなにも言わずともおぬしはやるはずのことをやる）

自分がやるはずのこと。

選択の余地はないのだ。感情と質問がもつれて渦を巻く。人生全体が高次の存在によって計画されていた。誘拐も、ウォータータワーでの生活も、母の死も、輝くライブラリアン類に呑まれた自分の死も……。怒りが湧いてきた。その高次の存在がやってきて、手伝えという。拒否権はないと。

（わかった。動機が必要なのだな）ネットワークは言った。

（そんな程度ではすまないわ）サーヤは冷たく言った。（あなたはわたしを殺し、母を殺し、わたしの種属を殺した。そのことは一瞬たりと――)

(再挑戦の機会をおぬしの同胞にあたえるとしたら、どうだ?)

抗議の言葉が止まった。

(なん……ですって?)

(おぬしの主張は正しい。介入がなければ人類がどう成長したかわからない。オブザーバー類を抹殺したら、それを試そう。新しい卵をおぬしの同胞にやる。新しい星系、豊富な資源。そこに人類を住まわせ、介入なしに成長させる。千年後に自力で卵を出るか出ないか、それは自由だ。いずれにせよ、人類はめったにないものをあたえられる。ネットワーク市民になる二度目の機会だ)

混乱した。自分の種属が再挑戦できる機会。新しい居場所。一度目は殺された銀河に、今度は守られる。もしかすると自分も……そこへ行けるかもしれない。住めるかもしれない。望んでも得られなかったものが得られるかもしれない。友人。家族。もしかしたら配偶者も。本当に本物の生きた人類になれるかもしれない。

(ああ、女神さま)言うつもりはなかったが、考えが漏れだした。(女神さま……)

(矮小なる娘よ、おぬしは幼いときに取り引きして命を買った。大人になった今回の取り引きで、種属の命を買え。代価はオブザーバー類の抹殺だ。よいか、やつは殺し屋で嘘つきだ。銀河が炎と混乱に呑まれるのを眺めて愉悦するやつだ。正義の鉄槌でも復讐への欲望でもなんでもいい。おぬしの性質と、余があたえた道具をもってすれば、やれるはずだ)

(ああ、女神さま……)

くりかえす。止められない。

(行け、矮小な精神よ。オブザーバー類が待っているぞ)

（以下はオリジナルのネットワーク記事をみなさんの階層にあわせて大幅に要約したものです）

宇宙神話学の焦点――火を運ぶ者

宇宙生物学でもっとも議論の多い分野の一つが、種属間で語られる神話を研究する『**比較宇宙神話学**』です。この分野では神話は二つに分類されます。

自然神話

最初の分類はいわゆる〝自然〟神話です。物語はどの知性体にも共通の性質や、物理法則そのものを由来としています。創世神話、黙示録、自然法則の（不正確な）説明、種属が成功するうえで有益な行動（自己犠牲など）を教える物語などがふくまれます。このような神話はあらゆる種属の発達段階にあらわれます。

不自然神話

第二の分類は、実際に起きた出来事に由来すると思われる物語です。とくに多いのは

〝火を運ぶ者〟の神話です。優越した存在が種属に科学技術をもたらすという典型例からこう呼ばれます。[*1] ネットワーク以前の銀河社会では、火を運ぶ者の神話はごく一般的でした。むしろ銀河の歴史のある時点ではほぼ普遍的でした。ほとんどどの種属も進化のいずれかの段階で干渉を受けていました。[*2]

現在、ネットワークは市民候補の種属を厳格な規則で保護し、自力で母星系を出るまでいかなる接触も許していません。このため現在の銀河では、火を運ぶ者のような不自然神話はほぼ消滅しています。正確には、過去一千万年で銀河社会に加わる段階まで進化した種属のなかで、火を運ぶ者の神話を持っていたのは一つだけ。それが『**人類**』です。

＊1　この命名はめずらしく特定ずみで、オリジナルの著者はF型の個人です。その種属では火の発見が大きな転機だったことからこのように名づけられています。

＊2　接触以前の干渉が非建設的な結果をもたらした事例のリストは、『**不自然な種属発達**』を参照してください。

32

サーヤは目覚めたのではなかった。まるで肉体に精神が叩きこまれたように、いきなり覚醒状態になった。

その肉体は状況の異変を伝えていた。目は大きく開いているらしいのに、なにも見えない。手足は自由に動くのに、どれだけ伸ばしても床に届かない。まわりは暗くて空虚。不穏な低いうなりが肌を震わせる。新しい肉体を流れる血に各種のホルモンが分泌され、鼓動が速くなるのを感じた。危険だ！　なにかしろ！　体がそう叫んでいる。

しかし浮かんでいてはなにもできない。宇宙に放り出されたのだ。そうにちがいない。あの擬人化したネットワークはただの妄想で、広大無辺の宇宙空間で真空にさらされているのだ。いまにも眼球や舌が沸騰するだろう。ああ、女神さま。こんなふうに死にたくない。イレブンの安全強固な内部にもどりたい……。

『ネットワークがみつかりません』

視野にオレンジ色の警告文が突然あらわれた。感覚情報が皆無のなかで、その言葉は女神からのメッセージのようだ。文意は関係ない。見えたことに感謝した。

「サーヤ?」哀れっぽい声が耳のなかで聞こえ、ぎょっとした。「呼ばれていないけど、きみの生体データが過剰に興奮状態なので、システムに呼ばれて出てきたよ。でもなにもできない。だってネットワークがみつからないんだから。ぼくの記憶にもおかしな欠落があって、まるでしばらく停止してたみたいだ。最後に憶えてるのは巨大な銀色のものが迫ってきたことで、ああ、ネットワーク、怖いよ、怖い――」

「静かに!」

サーヤは息を荒らげた。エースの声はいつものように騒々しいが、おかげでこちらのパニックを防いでくれた。耳は聞こえるし、息もしている。生きている。

「わかったよ」エースはすこしおとなしくなった。「ただ……ネットワークの停止なんて初めてなんだ。だから――」

「エース」際限なくしゃべりだすまえに制止した。「ここはどこ?」

「知らないよ!」泣き声の返事。「調べようがないし、このまま接続できないとそのうち――」

「静かに!」また制止する。「いいわね。とにかく……黙って」

〝余の行けぬところへおぬしは行ける……銀河の暗部へ行ける……〟

そんな声が記憶に残っている。妄想ではないかもしれない。その暗部とやらに早々に投入されたのか。人類の第二の機会を得るための最初の任務か。そうだとしたら……さすがに準備不足だ。

そこに光があった。

光が見えたことが衝撃的で、全身の骨が震えた。光はとても遠く、ゆっくりと周囲を回転している。というよりサーヤ自身が回転しているらしい。飢えた目で光を追い、目を細めて正体を知ろうとした。光は波状に拡大する。一区画ずつ見えてくる。光が増えるにつれて構造の大きさがわかってきた。見覚えがある。来たことがある。ここは……。

「ああ、女神さま」

小声で言った。訪問者回廊だ。その底から数キロメートルの空間に、うっすら照らされた数百万人の市民メンバーとともに浮かんでいる。低いうなりはこれだった。浮遊する多数の人々がおなじ結論に達したのだ。

それは恐怖の結論だった。ゼロGではどこが下かわからない。どこが下でも死が待つ。人々は非常灯に照らされて必死にもがいている。自然の腕や機械の手を伸ばして、安全な手がかりを求める。ほぼ例外なく叫んでいる。

これも学習させられているのだとわかった。ネットワークなしでも教えられる。これが〝混乱〟なのだ。ネットワークが言っていたのはこのことだ。

エースが震える声で言った。

「わかった。ここがどこか判明したよ。ここは――」

「訪問者回廊よ」サーヤは固い口調で言った。「その中央の空間に浮かんでる。しかもネットワークが停止した状態で」

こんなところで蘇生させられるとは思わなかった。どこが銀河の暗部だ。ネットワークの心臓部ではないか。まあいい。体をひねって、できるだけ全方向を見ようとした。近くの橋もゆうに十メートルは離れているし、下ですらない。とはいえこの状況で〝下〟とはどちらか。普通なら〝下〟にあたる方向をのぞいてみた。ぞっとして目をそむけた。

エースは小声でつぶやいている。

「ぼくだけなのかな。ねえ、ぼくだけなのかな。まさか、だれもかれもがネットワークから落ちちゃったのかな。そうだとすると――」

サーヤはささやいた。

「まわりを見て。これがネットワーク化した文明に見える?」

パニックは醜悪だ。あらゆる階層から知性を奪う。文明的な存在を動物に帰す。知性体が知性によって行動できなくなる。この空間にいる数千の種属間ではコミュニケーションが成立していない。あるのは恐怖とパニックと暴力だ。その暴力がとにかくひどい。恐怖で茫然とする。パニックを起こした知性体たちは体が接触するたびにつかみあい、橋の構造部や動かないネットワークドローンにむけて相手を放り投げる。共通言語はない。人々をつないでいたネットワークの日常機能が消えている。ネットワークなきあとの真空に残るのは恐怖だけ。

新しい体になってまもないサーヤだが、そのあいだで最大の衝撃を受けた。見えるのだ。もがく市民メンバーのあいだや、浮かんだ多数のネットワークドローンのあいだに、蜘蛛の糸のような極細の線が見える。目の焦点がうまくあわない。ネットワークに見せられた生きた線とは異なり、これらは死んで黒い。当然だ。ネットワークは停止中だ。線を生き生きと輝かせる力は流れていない。

だれにともなくつぶやいた。

「すごい。見えるわ」

するとエースが口をはさんだ。

「しょっちゅう話しかけるとうるさいと言われるので控えているけど、今度ばかりは指摘させてもらうよ。まわりには――」

「パニックを起こしたたくさんの知性体が浮いてるわね。それは最初から見えてるから」

「いや、それじゃなくて、ぼくが指摘したいのは……銀色の巨大なやつが」

ぎょっとした。エースの警告を合図にしたように、銀色の球が視野に漂ってきた。むこうにもう一つ……さらにまた。そこらじゅうにある。訪問者回廊の大空間のなか、もがく市民メンバーのあいだに、銀色の球がいくつも浮いている。非常灯の光を反射するその姿はいずれも直径五十センチに満たない。よく聞くと音を発している。ただし小さな不協和音で断続的。球ごとに音程が異なり、耳ざわりだ。

しばらくしてエースが疑問を述べた。

「どうしたんだろう。壊れた……のかな？」

ライブラリアン類の二つの球が非常灯を反射して漂っていくのを見ながら、その精神は数光年をへだてててつながっているという母の考えを思い出した。

「壊れてはいないはず」近くの球の表面にできるさざ波を見ながら言った。「ただ切断されたのよ」

ネットワークから切断されたからだ。サーヤとおなじように。ただしサーヤは自律を前提とした体だが、ライブラリアン類はそうではない。独立では機能しない。脳から切り出された神経細胞とおなじだ。

そこである案が浮かんだ。

「あの……なんにせよ、近づいてくるんだけど」エースが言う。「また食べられるのはいやだよ！」

ゼロG環境で体がゆっくり回転するのは止められない。それでも頭を動かして近くの銀色の球を追うことはできた。表面に映る自分の顔は、意外なほど落ち着いている。ネットワークに言われた――人類として生まれ、ウィドウ類にかたちづくられ、銀河規模の巨大知性体に強化された。危険な相手と対面しておびえる娘のサーヤではない。ある意味では、亜光速で何十年も育てたペットの分身を見るウィドウ類のシェンヤ。またべつの意味では、自分の似姿を見るネットワークでもある。

そんな多層構造のどこかに属する本能が、やるべきことを知っているはずだ。たしかに答えはあった。ゆっくりと、自信をもって、近くのライブラリアン類の断片に片手を伸ばす。

「あのう、まさか……シッシッと追いはらうつもり？」

じつはそのつもりだった。強く追いはらうのではなく、ウィドウ類の母が娘にやるように、喉を鳴らしてあっちへ行っていなさいと教えようとした。しかし頭の一部では、この球は寂しくておびえているのだとわかった。またべつの一部では、利用価値があると考えた。どう扱うべきかわかっているという考えもある。ネットワークが言ったとおり、サーヤの性質をつくる各部がそれぞれに反応している。

ふたたび慎重に近づいた。今度は手ではなく、精神の一部を伸ばした。〝おぬしの強みは精神にある〟とネットワークから言われたとおりにした。ライブラリアン類から出た細い糸をたぐる。どうすればいいか本能的にわかる。これをつたって精神に接触すると……。

なにもなかった。

「なにが起きるの？　ますます近づいてくるよ！」エースが心配げに訊く。

音を発しながら球が近づいてくる。自分のゆがんだ反射像が大きくなるにつれて不安も増した。近づくほど音が大きくなる。まるで……飢えているようだ。サーヤは退がろうと空中で手足をばたつかせる。しかしここは床から何キロメートルも上だ。精神と糸についての考えは棚上げして、この新しい体を守ろうとした。生物の手と機械の手を上げたが、どちらも呑みこまれると思って引き寄せた。追いつめられてまた精神を伸ばす。探ると、今度はあった。ただしこちらに対して閉じている。それでもまえにやったことがある。やれるはずだ。精神にさわって、糸をたぐればいい。つかんだ糸を引く。反応しろ、この銀色のやつめ……。

ところが握った糸、相手とネットワークをつないでいる黒い線が、ぷつりと切れた。意識の部分ではなにが起きたのかすぐにわからない。無意識が先に反応した。〝おぬしは新規のネットワークだ〟と言われた。ならば本能的にできるはず……。

その糸を手早く自分の精神につないだ。すんなりと本能的にできた。ライブラリアン類は震える体の数センチ手前まで迫り、緊張した顔が映っている。いまにも体を侵食されそうで身がまえる。ところが両者をつなぐ糸が金色に輝きはじめた。ライブラリアン類の発する音が一段高くなり、安定した。脚に接触し、滑っていく。侵食された感じはない。

「女神さま……」

サーヤは息をついた。これがネットワークからの教えだとしたら、あやうすぎる。

「食べられなかったね！　なぜ……食べないんだろう」エースが言った。

返事をする暇はない。ライブラリアン類のほかの断片を次々と古いネットワークからはずして、自分の新しいネットワークにつないでいった。そのたびに糸が光る。どんどん増えるのを感じて思わず笑みをこぼした。彼らは仲間と感応し、惹きつけあっている。液体金属の滴は次々と一体化した。音が調和していく。やがて付近の断片をすべて吸収した。液体音は轟々と鳴り、腹に響いて肌を震わせる。サーヤのまわりに集まった液体金属は五十トンくらいになった。暗闇のなかで波打つ表面に非常灯が反射する。

ふいに液体金属はサーヤをつかまえた。

緊張しながら、悲鳴はこらえる。息を詰め、脚をつつむ重く温かいものを感じる。こわばった体を這い上がってくる。汎用スーツを呑みこみ、片腕に巻きつき、ロシュの手を熱い金属でつつむ。

「食べるつもりかな……？」エースが震える声で訊く。

きっとそうだと思いかけた。このライブラリアン類を闇から救い、助けてやったのに、その報いとして食べられてしまうのか。もう一度そっとその精神に接触した。ずいぶん大きくなっている。複雑な多層の感情。そして——サーヤは笑いだした。

「食べられてるのに笑いだすのはへんだよ。どうしたんだい？」エースが訊いた。

「これはね、いわば鼻をすり寄せてるのよ」

指を動かしながら銀色の表面をなでた。知性を持つ巨大な金属の塊をどうかわいがればいいのだろう。すくなくとも怪我をさせる心配はない。氷のハンマーで叩いても気持ちよさそうにするだろう。精神にさわってやればいいのか。こんなふうに……。

ライブラリアン類の精神が警告を発した。光る線を介してサーヤに届く。危険を伝える。危険？この液体金属につつまれた状態でなにが危険なのか。サーヤの小さなネットワークをおびやかすものがあるのか。

金属が震えた。発する音が知らない音階に転じ、全体がそろりと回転しはじめる。闇のなかでサーヤを中心にしてまわっている。球が平たくなっていく。先端はナイフのように鋭い。

「今度こそ食べられる?」とエース。

その声は聞こえるが、答えていられない。ネットワークとしてやるべきことをやる。自己防衛だ。本能にしたがい、糸にそって外へ伸びる。付近には数千万のネットワーク精神がある。闇のなかを漂うドローンから市民の体に埋めこまれたネットワークインプラントのヘルパー知性体までさまざまだが、いずれも恐れおののいている。いつもは常時接続しているのに、いまは恐怖とともに孤立し、ヒステリーをこらえてネットワークの復旧を待っている。

そこでサーヤが糸を伸ばしてつないでやった。するとよろこびと安堵が爆発的に流れこんだ。以後はこのネットワークにとどまることを望んでいる。この接続を守るためなら命がけで戦う。どんな脅威も殲滅する。サーヤも彼らをつなぎとめたい。こちらは強くなるし、センサーも増える。精神が何立方キロメートルにも広がる。

そうやって自分を増強しつづけたが、それでもそれが見えるようになるまで多少の時間がかかった。それ……あるいはなにか。

ネットワーク停止中の闇のなかに、何者かが到着していた。

サーヤの精神は数キロメートル先まで観測できるが、この相手はもっと大きい。密集している。サーヤがいまのように高次の視点を持たなければ、あいつだとわからなかっただろう。

その同一の体が続々と訪問者回廊の空間にはいってくる。数千のセンサーを駆使しても捕捉しにくい。集合するようすを興味深く眺めた。それぞれの軌道からすると数分前からおおまかな球殻を形成しているようだ。なにかをかこんでいる。興味の中心がある。それがなにか気づいて、ぎくりとした。球殻の中心にあるもの。

それは自分だった。

音を発し、回転するライブラリアン類にサーヤの体はつつまれている。そのまわりを直径数キロメートルの集合精神の球殻にかこまれている。

球殻の内側を漂う一般の知性体もいたが、中心から逃げ、外へむかっている。なにかが他者を排除し、精神の純度を高めている。多数の視点に頼るまでもなく、市民メンバーは状況が見えていないとわかった。まして意図など知りようがない。軽く押されて移動しているだけ。自分はあてどなく漂い、無意味に衝突をくりかえしていると思っている。しかし真相はちがう。追い出されている。せっかく接続したドローンもおなじ扱いを受けている。接触と外乱を受けて遠ざかるようすを報告してくる。

やがて内側が一掃され、球殻の全体像が見えてきた。外にいるドローンのセンサーによれば、同一の体の群れがつくる厚い雲にかこまれた小さな点がサーヤだ。雲は渦巻き、知性の混沌とした大波をつくっている。個々の体は身長一メートル。白髪を弱い気流になびかせ、金色の瞳を闇に輝かせている。

あいつだ。人類を絶滅させた敵だ。

巨大な集合精神のどこかから一個の小さな声がした。

「だれかを殺すために俺様にこれだけエネルギーを割かせるとは、たいしたもんだぜ」

33

闇につつまれた。しかし怖くない。

すくなくとも、それほど怖くはない。肉眼でほとんど見えなくてもドローンのおかげで訪問者回廊全体のようすはつかめる。オブザーバー類がつくる球殻のまわりの広大な空間を漂いながら、新しい体が回廊や出入口から次々と飛びこんでくるのを見ている。

オブザーバー類は集合し、集中している。仲間の背中に着地し、べつの仲間の腕や脚を強固につかむ。そうやって直径数キロメートルの巨大な球殻をつくり、さらに大きくなっている。

回廊のほかの市民メンバーは空中を必死に泳ぎ、押しあい、ほかの知性体からもこの巨大なものからも離れようとしている。ネットワーク停止中に出現した構造物にようやく気づいて恐怖している。

闇の中心でエースが耳のなかにささやいた。

「ああ、これは普通じゃない。普通じゃないよ。ネットワークが消えると悪いことが起きる。ああ、ネットワーク、これは普通じゃない……」

「エース、停止」

サーヤは冷ややかに言った。ヘルパーのパニックにつきあっている暇はない。

複数の糸をつかみ、まとめて切断して自分の精神につなぐ。もう手慣れている。闇のなかで線は生き生きと、しかし幻想的に輝く。停止中でもここにはべつのネットワークがある。体は漂い、かこまれていても、精神には力がある。こうして拡張もしている。光る糸を延長して訪問者回廊全体に広がっている。新たなメンバーをとりこむたびに知性は増大する。時間経過は徐々に遅くなるように感じる。これほど精神が拡大すると、聞こえ方を同期させるために音速を考慮しなくてはならない。いずれ光速さえ考慮するようになるだろう。

そして光といえば……精神のどこかのセンサーが重要ななにかを感知している。どこの入力かとフィルタリングし、調べていくと……。

なんだ、もとの肉眼だった。

これをきっかけにもとの体にもどる。すると時間の流れが速くなった。もとの脳におさまるように自分を折りたたむ。まぶしくて目を細め、手でおおう。視野の狭さが腹立たしい。見えるのはオブザーバー類がつくる球形の空間と、その中心付近に浮かぶ自分の体。かろうじて見分けられる。オブザーバー類の湾曲した壁は同一の体でできている。ぎっしりと体を寄せ、ささえあって位置を保持している。それぞれの呼吸と服のこすれる音がまざって連続的なホワイトノイズになっている。どこを見ても無数の金色の瞳が鈍く輝き、こちらを見ている。

〝やつは殺し屋で嘘つきだ。銀河が炎と混乱に呑まれるのを眺めて愉悦するやつだ〟

サーヤから五メートル先の闇に浮かんだ光があった。オブザーバー類の一人が小さな手にランプを持って浮かんでいる。微笑むが、下から照らす光のせいで醜悪な顔に見える。

「やあ」

サーヤは顔をおおっていた手を下げた。暗さには慣れた。

「こんにちは」

オブザーバー類の球のなかで声は響かない。

相手は笑顔のまま言った。

「その銀色のやつにご退出願えねえか。いても俺が、まあ、これからやることを阻止できねえが、体の相当数がやられそうだ」

「話しだいね」千本の輝く糸をなで、仲間の存在を確認する。「わたしを殺すつもり？」

「まさか」

相手は言った。まわりではほかの体がサーヤの言葉に体を揺らし、笑い、目をぐるりとまわす。こんな愉快な発言は初めて聞いたというようす。

サーヤは生物の手でライブラリアン類をつまんだ。すると回転が速くなった。このネットワークに危険が迫っていると理解している。千個のドローンとともに、自分たちを結びつけたネットワークを死守する。それが動機だ。

「もう一つ訊くけど、わたしをばかだと思ってる?」

オブザーバー類はため息をついた。球全体に深いため息が響く。

「オーケイ、わかったよ。たしかにてめえを殺す。でもわかってくれ。殺すのはてめえの種属のため。そしてある意味では銀河全体のためだ」

サーヤはライブラリアン類をなでた。頭のなかではネットワークにつながる糸をなでた。すると恐怖はあとかたもなく流れ去った。すっきりした。

「説明してもらいたいわね」

「説明してもいいが、ちっぽけな頭で理解するのはちと難しいぜ。まあ怒るな。それに時間もない。ネットワークを停止するのがどれだけ大変だったと思う? 大ごとも大ごとだ。困難をきわめた。冗長性に冗長性を重ねた構造で、ありとあらゆる層が代替をつとめようとした。てめえにはとうてい理解できねえくらいにな」

サーヤは答えなかった。オブザーバー類の精神の範囲外でひそかにリクルート作業を再開した。そのため注意がやや散漫になる。オブザーバー類ほど大規模な精神にはなれないが、特定機能のネットワークドローンを体の一部にできる。もしゼロG空間での肉弾戦になったら、機械のドローンはオブザーバー類の柔らかい体の二、三人分の働きをできるだろう。ほくそ笑んだ。もし手を出してきたら、サーヤ流のネットワーク反応を見せてやる。

「とにかく、その銀色のオトモダチはどいてくれるのか、くれねえのか」

オブザーバー類は身がまえている。内側からも外側からも見てよくわかる。数千個のセンサー映像を統合して一個のイメージにする。球の内層をつくる体は全員が膝を曲げ、外層に対して踏んばって、いつでも跳躍できるようにしている。外層は腕をしっかり組んで、内層の仲間の跳躍台になっている。一人の例外もなくこちらを注視している。

サーヤはまたライブラリアン類をつかんだ。液体金属がその手をつつむ。その振動を胸の奥で感じる。

「理由を教えて。そうすればどかさないでもない」

オブザーバー類はまばたきした。

「へえ、その身一つで殺されようってわけか」

「道理しだいよ。わたしの種属のためという理由を納得させて。それができなければ……そうね、体の多くを失う覚悟をしなさい」

もちろん嘘だ。相手は人類を抹殺した敵だ。いずれにせよ体は失ってもらう。それでも……いろいろな答えを聞く機会だ。

じつはこちらは優位で安全な立場を築きつつある。オブザーバー類の多数の目も届かない訪問者回廊の外で、毎秒千個単位でドローンと接続している。ドローンは接続できるネットワークをみつけて嬉々として加わってくる。よけいな質問はしない。彼らの精神は単純だ。サーヤ版のネットワークに困惑しているとしても行動にはあらわさない。安堵と満足感だけをその小さな精神から発散させている。それだけでなく、付近のドローンはオブザーバー類を新規ネットワークへの脅威と認識しはじめている。それでいい。

オブザーバー類は十万個の口で息を吸い、吐いて、光とともに言った。

「いいだろう。人類について教えてやる。俺は彼女を愛してる」

サーヤはまばたきした。オブザーバー類の口からそんな答えが出てくるとはさすがに予想外だった。多数の肺から吐き出された湿った呼気を感じながら、サーヤは言った。

「まず確認だけど、彼女って?」

「それを質問するってことは、どうしたって理解できねえだろうな。彼女は小さく弱いが、俺は愛してた。その数千年の愛の歴史を語るには、残念ながらこのネットワーク停止は短すぎる。要約すればこういうことだ。俺は彼女を愛してる。その彼女をてめえは危険にさらしてる。まだ納得できねえか？」

サーヤは大きなライブラリアン類の上で腕組みをした。

「愛してると口で言いながら、実際には殺したわけ？」

またため息。

「やっぱり理解できねえか。無理もねえ。自分が親になったことがねえからな。血に飢えたウィドウ類の母がてめえにそそいだ愛情を考えてみな。それを十億倍にしたのが、俺が人類にそそいだ愛情さ。俺は人類を養子にした。ウィドウ類の母がてめえを養子にしたようにな。それが銀河の仕組みだったんだよ。このくそったれなネットワーク以前の時代のな。かつては自由だった。高階層の種属は低階層の種属をいつも養子にしてた。〝引き上げ〟と呼んでた。ところがネットワーク時代が来た。この美しい伝統を、ほかのいくつもの習慣とともに消え去るべきものと勝手に決めやがった！　ネットワーク自身の目的からすれば、じゃまだからさ」

オブザーバー類の全員がいっせいに悲しげに首を振った。

そのむこうでサーヤはドローンの獲得と精神の増強を続けながら、オブザーバー類の同一の体がいまも続々と暗い訪問者回廊へはいってくるのを観察していた。ドアから出て橋の上を走り、闇のなかで光る球へ飛びこんでいくようすを多数のセンサーがとらえている。相手の知性も成長している。油断できない大きさになっている。

やがて、なんらかの閾値を超えた。数万の視点からそれがわかった。回廊内の動きが変わった。橋やドアのところにいる体がふいに立ち止まり、この巨大な球を見るだけになったのだ。

「せっかく説明してやってんのに、注意散漫な聴講態度だな」

ランプを持った個体が言った。光に照らされた金色の目を細める。

自衛の新たなネットワークを構築中だからよ。人類の殺害者であるあなたをこの場で殺さなくてはいけないから……。そう考えながら、口では謝った。

「ごめんなさい。話を……理解しようと考えてたのよ」

暗い訪問者回廊のあちこちでオブザーバー類の体はじっとしたままだ。その金色の瞳が数千本のサーチライトのように広大な空間をめぐっている。まるでなにかを探すように。

サーヤの目のまえの一体が首をかしげ、小声で答えた。

「なるほど」

サーヤはその目を見た。言外の意味があるらしいとわかった。無数の視線とセンサーで二つの巨大な精神がしばしおたがいを凝視する……。

ふいにオブザーバー類が笑顔になって緊張を解いた。目のまえの個体が沈黙などなかったように話を続けた。

「とにかく、さっきも言ったように、ネットワークは生き物だ。組織体だ。組織は成長を求める。そのために必要なのは、食うことだ」

サーヤはドローンを集める活動をしばし休んで、その意味を考えた。

「なにを……食うの？」

オブザーバー類は悲しげな笑みを浮かべた。

「なにって、もちろん、種属を食うのさ」

サーヤはしばらく周辺活動をすべて止めた。自分をすべて肉体にもどし、目のまえのオブザーバー類に集中した。

「説明して」

「まじで時間がないんだぜ。そんなのはとばして――」

「いいえ、説明して」

「しょうがねえな。いいか、簡単にいうとこういう仕組みだ。ある種属が母星系から出る準備ができると、ネットワークは付近の市民種属を通じて自己紹介する。そして二つの選択肢を提示する」

二人目のオブザーバー類がランプの光に引き寄せられるように漂ってきて、話を継いだ。「第一は、種属として市民になる道だ。ネットワークを全面的に受けいれる。もちろんたいていの種属は嬉々としてその道を選ぶ。そりゃ、五億年かけて磨き抜かれた売り口上だ。みんないちころさ。そして――」オブザーバー類は笑った。さめた短い笑い。「――きわめて巧妙だ。横暴さもここにきわまれり。数世代のうちにその種属のメンバーは一人残らずネットワークインプラントを体内にインストールする。ネットワークを体験する唯一の方法だからってな」

サーヤは子どものころからインプラントを熱望していた。ウォータータワーの住民はほぼ一人残らず神経系のどこかにインプラントをいれていた。

「それがどうして巧妙なの？」

「ネットワークがインプラントを供給するのは、種属のメンバーのためだと思うか？　博愛的で慈悲深い行動だと思うか？　まさか！　自分が成長するためさ。ネットワークは新規種属の精神を使って拡大する。消費する。自分のごく一部を全員の頭で走らせる。独特な進化の道をたどった種属の特徴的な思考を、多様性として利用する。いわば知的パラサイトさ。意識よりはるかに深く潜って本能のレベルにひそむ。新規種属を獲得するたびにネットワークは強くなる。新たな防衛戦力を得る。ネットワーク市民がネットワークを守ることに熱心なのはそのためだ。人類が叛旗をひるがえしたとき、近傍種属がいっせいに人類をつぶしにかかったのもおなじ理由。彼らはネットワークであり、ネットワークは彼らだ。なにしろ脳にネットワークがはいってるんだからな」

サーヤは不愉快な気持ちで暗がりに浮かんでいた。ネットワークの薄汚れた闇の部分が語られているが、それを語る者自身がネットワークだ。そしてサーヤもこの数分間に数千の精神を吸収した新たなネットワークを築いている。そう考えるとさらに不愉快になる。本能にしたがい、ネットワークを守るべく命がけで戦う精神の群れ……。

ランプを手にした個体の隣に、三人目の個体がやってきて話した。

「もちろん第二の選択肢も用意されてる。母星系にとどまる道だ。宇宙探査をただちに停止し、船を星系に呼びもどす。技術開発はすべて中止すると誓う。事実上の監禁だ。星系から生命を一掃する力をもった看守に見張られる。もちろんこれは見せかけの選択肢だ。ネットワークが横暴でないふりをするためさ。だれもこんな道は選ばない。第一の選択肢がはるかに魅力的に見える。てめえだって望んだだろう？」

オブザーバー類はにやりとした。

「ウォータータワーの管制室でのことを思い出すぜ。クラスでネットワーク化してないガキはわずかだった。あわれな娘のサーヤは、ネットワークインプラントを必死に求めていた」

サーヤは思わず額のネットワークユニットに手を伸ばした。顔じゅうが紅潮するのを感じた。子ども時代はずっとネットワークを外から見ていた。エラーだらけで機能制限された装具のホロを通じて見ていた。自分の持たないものを全銀河が持っている。おなじものをほしかった。なにがなんでも……。

二人の同胞にはさまれてランプを手にした個体は、咳払いをした。

「ネットワークはどの種属にもこの二つの選択肢をしめす」光の加減で表情がゆがんで見える。「でもじつは、三番目の選択肢があるんだよ。ネットワークがその可能性を教えたがらない選択肢。一千万年にわたってだれも選ばなかった道……ただ一つの種属をのぞいてな」にやりと笑った顔が、下から照らされて不気味な表情になる。「三番目の選択肢。それは、ネットワークに正面きってこう言い放つんだ。うせろ、クソ野郎ってな」

まわりじゅうでオブザーバー類が忍び笑いを漏らした。一人がため息とともに言う。

「ああ、愛しいわが人類。彼女は俺の助言どおりにしやがった」

忍び笑いがおさまると、オブザーバー類は多数の目でサーヤを注視した。

「それがてめえの引き継いだ遺産てことだ。てめえの同胞はネットワークの虚言を見抜くだけの賢明さがあった。そして勇敢だった。結果は見てのとおり。あっというまに絶滅させられた。害虫のように！　蝗害《こうがい》のように！　徹底的に追跡され、組織的に抹殺された。そしていま宇宙全体で人類が生き残ってる場所は二カ所しかない。一つはてめえが生まれたコロニーだ。何世紀もまえに俺が殺戮の手から逃がし、ひそかに保存した。もう一つはどこかって？　ここさ。ネットワークで最後の人類が俺の目のまえにいる。自分の種属への死刑宣告などなかったと無邪気に信じてな」

話し手の体がただよい、チュニックの裾がなびく。ライブラリアン類の旋回で起きた気流が原因だ。

「それは――」湧き上がる不快な考えを抑えて言う。「――辻褄があわないわ。もし人類が害虫の群れで、ネットワークがいまも絶滅させようとしているのなら、なぜ――」

「――なぜ自分は生きているのかって？」オブザーバー類は金色の瞳を輝かせた。「ああ、無知で哀れな人類よ。俺の忠実で大切な細胞よ。てめえにはやるべき仕事があるからに決まってるじゃねえか。かなえたい夢があるんだろう？　失われた種属を発見するって夢が！　同胞なんだから探すに決まってる。そしていつか勝利のときがやってくる！　一生の願いがかなったその瞬間――」

「――ドカーン！」

十万個の口がいっせいに叫んだ。雷鳴のような響きだった。数キロメートルまで延びたサーヤの周辺視野には、たくさんの恐怖の目が闇のなかの巨大な球へむけられるのが映った。

轟きが遠ざかると、明かりを手にしたオブザーバー類はにやりとした。

「てめえ一人ならネットワークは放置するさ。繁殖が不可能なんだから生かしておいてもかまわねえ。でも種属としてはどうか。無害なひと握りの原子でも、衝突すればなにを起こすかわからねえ」

サーヤの記憶が言う。〝やつは殺し屋で嘘つきだ。銀河が炎と混乱に呑まれるのを眺めて愉悦するやつだ〟

「どうして……そうだとわかるの？」

「俺はネットワークの性質を知ってる。てめえの人生についてもそれなりに知ってる。さすがにもうわかってるだろうが、俺たち高階層の精神は二十億と二十億をあわせて考えるような能力を持ってる。そんな俺の謙虚な意見では、てめえはかなりラッキーな人類だったっていえるだろう」

「わたしがラッキーだなんて、本気？」

「幸運だったとは言ってない」二人目のオブザーバー類がおなじ笑顔で言った。「それでも、歩んできた人生が普通じゃないのは認めるだろう。ありえないような出来事に次々とみまわれた。ネットワーク宇宙にはいったとたんに、だれかに——高階層のだれかに存在を気づかれた。そいつはてめえが無事に成長できるようにさまざまな手をつくした。いずれ自分のもとへ呼び寄せるためにな。手伝いをよこし、道具をあたえた。俺みたいな大規模な精神にとって、これが意味するところはただ一つ。娘のサーヤ、てめえは暗い目標を背負ってるってことだ。そこから絶対に逃れられない」

〝やつは殺し屋で嘘つきだ、やつは殺し屋で嘘つきだ、やつは〟

三人目のオブザーバー類が苦々しく笑った。

「それどころか正真正銘、絶対確実に殺されたときでも、そのまま死なせてもらえたか？娘のサーヤ、てめえはネットワークが認めねえかぎり死ぬこともできねえんだ。そんなふうに生きるのは、どんなもんだ？」

サーヤは胸のうちで急速に湧き上がる疑問と戦いながら、オブザーバー類の顔を見まわした。みんな悲しげな目で見つめ返し、いっせいに全銀河の重みを背負ったようなため息をついた。広大な精神のあちこちから言葉が湧いてくる。

「整備ドローンは、掃除をする理由を自問するか？」

「運搬ドローンは、荷物を運ぶ理由を自問するか？」

「与圧スーツは、着用者の安全を死守する理由を自問するか？」

「毎朝使う衛生設備はどうだ？　その仕事を好きかどうか自問するか？」

「ネットワークユニットのなかの知性体は、お話を語りたがる理由を自問するか？」

ふたたび訪問者回廊に雷鳴が轟いた。オブザーバー類の十万の口から苦々しい笑いが漏れたのだ。数百万の知性体がその音に驚いて身震いした。球のそばを漂う者は空中を掻く手を速め、この巨大な精神から必死に遠ざかろうとした。

ランプを手にしたオブザーバー類が言う。

「娘のサーヤ、てめえもおなじなんだよ。同胞を探す理由を自問したことがあるか？」悲しげに微笑む。「てめえは低階層の知性体をしょっちゅう言いくるめて利用してきたな。銀河で見たら、てめえ自身が低階層で、おなじように言いくるめられてるって、なぜ気づかない」

不愉快な気持ちが腹の底から湧いてきた。さっきまで自分には目的があり、それは純粋だと思っていた。その自信がひび割れ、亀裂から不快感が漏れてくる。

「でも……じゃあ……なぜ……」

「なぜてめえなのかって？　動機を持ってるからだよ。ようするにそういうことだ。それがネットワークのやり方だ。なにもつくらない。あるものを使うだけ。見守り、保護する。

てめえの強い動機に毎度仕事をさせ、必要なものを必要に応じてあたえる。そうやって人類捜索ミサイルに仕立てていったのさ。同胞を探さないという選択肢はない。てめえはもはやそういうものなんだ」

近くのオブザーバー類をにらむ。不可能なはずのことをやられた。その主張が正しいと説得されかけている。ゆっくりと言った。

「つまり、わたしが生きていれば、いずれ同胞をみつける。みつけたら……彼らは死ぬ」

オブザーバー類は全員が悲しげな顔になった。

「問題は、てめえが同胞をみつけるかどうかじゃねえんだ。昔もいまも問題はおなじ。そのとき自分が引き起こす事態にてめえは耐えられるのかだ。娘のサーヤ、てめえも俺とおなじように人類を愛してるはずだ。自分の種属がただ生き延びるんじゃなく、繁栄してほしい。ふたたび大地に根を張り、想像を超えて大きく美しく育ってもらいたい。俺だってそうさ。その目標において、いまのてめえは……じゃまなんだ」

サーヤは聞きながら闇のなかに浮いていた。自分の数千の接続を介してメンバー間に大量のデータが流れているのがわかる。二つの話はどちらも重大だ。ネットワークの話は体の奥にあり、論理と義務を感じる。一方でオブザーバー類の話は、いままさに体にしみこみながら、情熱と炎をかき立てられる。どちらも最後に約束するものはおなじ。人類の再生だ。しかしどちらが正しいのか……。

高階層の精神に嘘をつかれて見破れるのか。

「わたしの望みは――」

言いかけて、声の震えに驚いて口を閉ざした。咳払いをして、目がうるむのをこらえる。頼りない生物の体は、いまの自分が力と知識の広大なウェブの中心であることを忘れているらしい。乱暴に目をぬぐって続ける。

「――わたしの望みは、とにかく帰ることよ。その場所はウォータータワーではないし、どこかに浮いているポンコツ船でもない。帰りたいのは……同胞のもと。でもあなたの話によれば、わたしが彼らをみつけると、彼らに災厄を引き起こす。つまりわたしは――」

言葉を詰まらせた。オブザーバー類から目をそらしたい。思いどおりにならない目を隠したい。しかしどこを見てもオブザーバー類はいる。

オブザーバー類はやさしく言った。

「ちがうぜ、娘のサーヤ。てめえは人類の殺し屋にはならねえ。俺が人類の殺し屋じゃねえようにな。この一連の出来事の引き金を引いたやつは一人だけだ。てめえの同胞を見せしめに選んだやつだ。てめえがたくさんの低階層の知性体を道具として使ったように、そいつも目的にかなう道具として利用してるだけだ」

オブザーバー類がにやりと笑うと、下からの光が顔に長い影をつくる。

「てめえになにかできるとしたら、娘のサーヤ、そいつは自分自身がネットワークである場合だ」

サーヤは、穏やかに鳴るライブラリアン類と巨大な集合精神とともに闇のなかを漂った。小声で言う。

「もし……もしも、わたし自身がネットワークだとしたら……」

オブザーバー類はなにも言わない。無数の目で見つめるだけ。

サーヤは近くの金色の瞳と視線をあわせた。

「あなたは知ってるはずね。わたしがどうつくられたか。なにをしろと命じられたか」

ランプを持ったオブザーバー類は静かにこう言った。

「こんなふうに考えてみろ、娘のサーヤ。一方にはネットワークがいる。銀河を貪食する者、危険の芽を組織的に摘む者、そして種属を殺す者。もう一方にはその他の俺たちがいる。抵抗勢力であり、ネットワークと戦う種属たちだ。人類の残党もそこにはいっている。そんななかで、娘のサーヤは直面する問題を考えている。その決断には同胞の運命がかかっている。彼女は考える。自分はネットワークなのか。それとも……人類なのか」

サーヤは凝然としたまま闇のなかを漂った。いくら強化されていても話が大きすぎる。

無理だ。銀河規模の神のような精神であるネットワークを相手にして勝ちめなどあるわけがない。こちらがようやく訪問者回廊の空間に広げたことを、銀河規模でやっている知性体なのだ。力で秩序を維持しつつ、巧妙で完璧な拘束のおかげで、拘束されていることを市民メンバーに気づかせない。サーヤに力をあたえ、すでに一度人類を抹殺した精神。

しかしその巨大な影の領域に、人類がいる。一生の夢だったものがそこにある。同胞。友人。家族。

帰るべき場所。

自分のなかでなにかが燃えていた。白熱し、抑えきれない怒り。これまで見えていなかった。その目をオブザーバー類が開いてくれた。これまでずっと低階層の知性体をだまして、自分の都合で働かせてきた。自分自身がそのように働かされている可能性をなぜか考えなかった。オブザーバー類は殺し屋だとネットワークから教えられた。オブザーバー類はなにもしなかったどころか、むしろ人類を助けていたのに、ネットワークからはもっともらしく、都合よく説明された。

しかし種属を抹殺したのはネットワークのほうだったのだ。

ランプを持ったオブザーバー類は訊いた。

「さあて、どっちだ？　てめえはネットワークか、それとも人類か」

サーヤは震える息を吐いた。決断する必要はなかった。すでに決まっていた。母に真実を教えられたとき、自分の遺産を知ったときに決めた。以来その道を歩んできた。自分の性質にそった自分のための決断だ。

「わたしは人類よ」小声で言った。

「なんだって？」

オブザーバー類は訊き返した。もう一度言えというように、全員が耳の横に手をあてる。

サーヤは深呼吸した。

「わたしは人類！」

娘のサーヤはオブザーバー類の精神にむけて叫んだ。

息をつく音がオブザーバー類に波のように広がった。そしていっせいに全員が笑顔になった。

ランプを持ったオブザーバー類が言う。

「なら、やるべきことはわかってるはずだな」

34

どんな能力を得たにせよ、すくなくとも怒る能力は失っていなかった。むしろ千倍に増えた。精神の各セルに充満し、訪問者回廊の数立方キロメートルの空間に拡大している。サーヤの精神は多くの精神に散らばったセルで構成され、それぞれ高速に、優先的に処理されている。

ネットワークは秩序を指向すると千回くらい聞かされた。しかしサーヤはネットワークではない。娘のサーヤは正義を指向する。

いまブラックスターの一角にいるのは、ウォータータワー・ステーションにいた愚か者ではない。故障しがちなネットワーク装具をつけた法定内すれすれの精神ではない。大きさだけでもウォータータワーの二倍はある。人類の知性コアにウィドウ類の本能が合体し、五十トンの生きた金属でつつまれている。数百万の清掃、リサイクル、整備、輸送の各専用ドローンや衛生設備、さらにこの暗い空間に浮かぶ法定内の脳に埋めこまれたヘルパー知性体のなかで分散処理されている。ネットワークのなかのネットワーク。暗い訪問者回廊の隅々まで広がった大釜で煮えたぎる怒りと光。

これが娘のサーヤだ。

（たぶんだけど、ネットワークはこれを気にいらないはずね）

陰惨な笑みとともに言った。どうやって言ったのかわからないし、どうやって微笑んだのかもわからない。しかし人類の声帯の仕組みを知らなくても話せるのとおなじ。意識は使う道具の詳しい仕組みを理解している必要はない。ドローンがオブザーバー類の個体にむけて話したのか。人類の口が動いたのか。百万の肉体のダンスによって伝えたのか。どうでもいいことだ。

オブザーバー類は笑った。

（そりゃそうさ。でも、ネットワークが気にいろうと気にいるまいと、てめえも俺もやることは変わらねえだろう）

オブザーバー類の答えかたもおなじだ。サーヤの数百万のドローンのあいだにいる数十万の同一の個体。海洋生物の群れさながらに一つの意思で動く。個別の体は不器用だ。橋や柱から空間へ飛びこんだものの、構造物や驚く市民にぶつかったり、おたがいを闇の奥へ投げて笑ったり叫んだりしている。しかし集合すると一変する。何者かになる。二、三十万の体が一個の精神をなす。これでも星間空間を超えてつながる巨大集合精神から分離したひと滴にすぎない。それが人類の養父、オブザーバー類だ。

二つの精神が訪問者回廊の空間を漂うなかで、オブザーバー類は言った。

(ネットワークは想像を超えた防衛機構を持ってるぜ。俺もそれなりにやんちゃをしてきたが、その全部は見てない。やつの武器は百万年かけて鍛えられ、計画に狂いが生じたときにそなえて隠されてる)二、三十万の顔が二、三十万の笑みを浮かべる。(そのネットワークがてめえを利用しようと練った計画は……いままさに狂いかけてるわけだ)

それを聞いて、サーヤは心の一部が震えるのを感じた。自分のなかのウィドウ類だ。やはり百万倍に拡大している。小躍りし、口器を鳴らし、外肢を研ぎ、戦闘の声をあげている。人類の部分は、そんな殺し屋の部分を黙って見ている。魂に秘められた稲妻。拳を固めて正義を求めている。一つの体に複数の精神が同居しているのではない。もともと複数の部分からできている。それが娘のサーヤだ。

そして正義を指向する。

彼女の境界の外には、ブラックスターのエネルギーが安閑と流れている。敵は五億年かけてゆっくり、のうのうと成長してきた。長らく戦ったことがない精神。銀河をがんじがらめに縛りながら、網のなかの十億の星系の市民には縛られていることを気づかせない。

ブラックスターじゅうを流れるデータとエネルギーの繊維そのものが虜囚を縛っている。小さな精神から出たところでは極細の糸にすぎず、縛る鎖にはとても見えないが、ステーションを出ると撚りあわされて太いケーブルになり、何百という亜空間通路にはいっていく。八百星系分のエネルギーとデータがそこを流れる。八百星系がこの一個のブラックスターを介してネットワークに接続している。

いや、接続ではない。隷属だ。

サーヤの精神が速度を上げはじめた。どこかで肉体の呼吸が荒くなる。精神は拡大したはずなのに、なぜか小さく感じる。知性の厚い壁にかこまれている気がする。

（相手はとても……大きい）

すると二、三十万のオブザーバー類の体がにやりとした。

（意外と小さいんだぜ。ネットワークはこの銀河で十億の星系を麾下《きか》においてるが、それでも支配下の恒星一個ごとに、自由な恒星が数百個ある。支配空間一立方キロメートルごとに、支配のおよばない空間が一兆立方キロメートルもある。ネットワークは広大で強力だが……俺たちとおなじく有限でもある）

サーヤは外を見た。ネットワークのフラクタルな輝き。動脈、静脈、毛細血管、そしてほとんど見えないほど細い糸が、よりあわされて直径百キロメートルの太さになり、さらによりあわされて岩石惑星に匹敵する直径の一本の太い幹線になって、最大の亜空間トンネルの一つへはいっていく。高く高く延びて、想像を絶するほど高次元の知性へ流れている。オブザーバー類はネットワークを小さいようにいうが……サーヤ自身が小さく感じられた。ネットワークの皮膚は十億の星系をつないだ骨格上に薄く張っているだけかもしれない。それでも十億の星系がなす空間規模はサーヤの想像を絶する。

(さて、踊るぜ)オブザーバー類が言った。

その体が動きだした。いっせいに一つの方向へ、一本の亜空間トンネルへむかう。ほかと変わらない空間の穴。時空に開いた傷口で闇が沸騰し、震えている。その周囲には百万の哨兵が立つ。一個が大型の軌道ステーションなみの巨大ドローン。訪問者回廊のなかに浮かんだサーヤの体でも、これらの哨兵が知性とエネルギーにあふれているのを感じる。この百万個の巨大な精神は一つの目的に徹している。一本のトンネルの開口を維持しつつ、毎秒百万隻も通過する宇宙船の安全を監視する。そんな巨大ドローンが警備しているのもネットワークの一本の血管にすぎない。そこを通るアーニー先輩とその無数の仲間はいわば血球だ。

(わたしのかつての太陽系へもどるやつね)サーヤは気づいて驚いた。

(ちょうどいいだろう。俺たちが最初に切り離した星系。ネットワークの支配から解放してやった場所だ。継続的な介入なしでも社会を維持できると人類が証明してから、千年たった。しかし人類はその最強の武器をまだ手にしてない）

オブザーバー類はまたにやりとした。そのいくつかの手が体にかけられるのをサーヤは感じた。

（それがてめえだ）

オブザーバー類の熱い言葉を聞いてサーヤは体に力が湧くのを感じた。トンネルを開いているドローンの巨大な輪を見る。むこうから見られている気がする。ほかの無数のドローンと大きさ以外のちがいはない。まもなくそのあいだを通過する。あっというまに通過するだろう。理屈はわからないし、わかる必要はない。そこに到着する数秒後までにサーヤはもっと大きくなっているだろう。知性を増し、必要なことを理解するだろう。

目的地の星系には公式名がある。ネットワークのほかの数十億の星系とおなじく長ったらしい色と数字の羅列で、実際に使われているのを見たことがない。サーヤにとっては数十億のなかで一つだけの住み家だ。名前は〝太陽系〟でいい。恒星は〝太陽〟で、家は〝ステーション〟だ。ネットワークにとっては有象無象の十億のなかの一個。事実上の無名。そこに住む人々や、宇宙船の乗客や、ステーションの居住者といった市民メンバーは、十億の恒星系で構成されたネットワークにへばりついた限りなく薄い膜だ。いわばバクテリア。銀河を生きて呼吸する生命体だとすれば、いわゆる市民メンバーはその皮膚の上で生きて死ぬ常在菌のようなものでしかないと、ふいに理解できた。

ブラックスターのどこかにある訪問者回廊の闇のなかで、人類の肉体が拳を握った。涙がにじんだ。怒りと畏怖、恐怖と驚嘆がまざった熱い涙。百万の断片からなる精神の蒸留された怒り。サーヤは自分の生物の体に一時的に注意をもどして、いらだたしく首を振った。涙は闇のなかに長い軌跡を描いて飛んだ。指を曲げ伸ばししながら、これが刃ならいいのにと思った。数百万の知性体はこの感覚を永遠に理解できないだろう。彼らを超越した精神の思考だ。彼らのあいだに存在し、彼らによって構成されていながら、彼らにはひたすら謎めいた精神。かつてのサーヤにとってはネットワークがそうだった。

オブザーバー類が微笑んで言った。

(古いものにとらわれるな。てめえはいつでも新しくつくりなおせる)

なにを言われたのか理解するのにわずかな時間を要した。〝古いもの〟とはつまり肉体のことだ。自分の体が死ぬことに知性と本能が複雑な反応をしめしたが、無理に納得した。その古いもので深呼吸する。この体での最後の息になるだろう。

自分に言い聞かせるようにオブザーバー類に言う。

(わたしはこのためにつくられたのよ。人々を守るために死なねばならないなら——)

するとオブザーバー類は笑って言った。

（そんなこたぁだれだってできる。重要なのは、人々を守るために殺せるかって問いだ）

娘のサーヤは、言葉ではなく行動で答えた。一本の亜空間トンネルへ爆発的に突進した。稲妻と刃と怒りで千本単位の接続を切断していく。引き寄せられた知性体の恐怖が波のように打ち寄せる。彼らのためだ。ネットワークから解放してやったのだが、まだ理解できないだろう。響く悲鳴もほとんど意識しない。遠い恒星系へ通じるトンネルに全感覚を集中している。

（行け、娘よ）

サーヤは出発した。後方に軌跡を残し、秒速数キロメートルずつ加速する。精神が拡大するにつれて時間が遅くなる。わずかな時間のうちに百万単位の精神を取りこんでいく。ただし精神を構築してはいない。橋渡しするだけだ。ブラックスターを管理する精神に気づかれないうちに脱出したい。視線の先は目的地。故郷へ帰る一本の亜空間トンネルだ。ウェブ上の精神を電気のように跳び渡る。ネットワークそのものに穴をうがっていく。

（行け、娘よ）

周囲で防衛機構が目覚めるのを感じた。大昔に設置された古い機構。サーヤは敏捷で、機構はのろい。機構はサーヤがたどり着くまえに精神をオフラインにし、触手を伸ばす先にトラップをしかけ、彼女のネットワークがはいりこんだ枝をまるごと停止しようとする。しかしサーヤはウィドウ類のように軽やかに踊り、人類の怒りをこめて攻撃する。精神をとりこむごとに能力と勢いが加速する。未来へ通じる一本のトンネルから目を離さない。

オブザーバー類が話すが、その声と自分の巨大な無意識の声が区別できなくなっている。

（これは娘のサーヤ、三人の母がいる娘！　人類であり、ウィドウ類であり、ネットワークでもある。嵐のなかの稲妻、闇のなかのナイフ。荒れ狂う野火。そしてなにより、ネットワークを滅ぼすもの！）

ブラックスターの端まで来て、ひと息ついて、頭上をおおう宇宙船の雲に飛びこもうとしたとき――

なにかを感じた。

危険のもとを探る。どこかから危険が迫っていると本能で感じる。精神と精神が重なりあう渦巻きのどこか――

そこだ。

訪問者回廊。さっきまで自分の精神がおさまっていた場所に、ネットワークが反撃をかけている。回廊や橋など空間に通じるあらゆる開口からドローンが続々とはいってくる。日常生活で見かけるドローンではない。戦闘用のネットワークマシンだ。大きく頑丈で黒い。正体不明の装備を積んでいる。

ネットワークはこちらの精神ではなく、肉体に攻撃をかけてきた。

しかたない。話しかたを知らずに話すように、戦いかたを知らないまま防衛戦をはじめた。ドローンで自分の肉体をかこんで防御する。しかし戦闘マシンにはかなわない。

襲ってくるマシンの精神を急いで拘束する。しかしこれらは普通と異なる反応をした。従属より死を選ぶ。ネットワークが切り替わったのを検知すると、精神は自己消去し、機体は空中を漂うガラクタになった。しかし一機死ぬあいだに十機以上が訪問者回廊に流入してくる。肉を切る刃物のように簡単にドローンを切り裂く。さっきまで一千万機いたサーヤのドローンは、九百万、八百万と減っていった。

オブザーバー類もいっしょに戦った。肩を並べ、精神を並べ、ドローンに肉体を並べて防戦する。しかしサーヤ以上に肉弾戦に慣れていない。戦闘マシンはオブザーバー類を相手にせず、物理的に押しのけながら、異質な精神を解体していった。ネットワークを攻撃する病原体とみなしている。

〝おぬしの強みは精神にある〟とネットワークに言われた。しかしその精神は解体されると強みも失われる。

また十万機のドローンが脱落して、サーヤはオブザーバー類にむけて泣き声で訊いた。

（どうしたらいい？）

（体は捨てろ！　てめえは精神だ！）オブザーバー類は叫んだ。

しかしできない。ネットワークに肉体を攻撃されれば、本能的に防衛せざるをえない。精神が縮小するにつれて時間の流れが速くなった。ドローンは百万単位で脱落し、精神を削られていく。戦いたくても刃は鈍り、攻撃は遅く、弱くなる。さっきまで勇猛果敢だった精神が、いまは恐怖に満ちている。

大きさが変わると、事の軽重をはかる感覚も変わる。なまの苦痛を感じたとたん、戦いは個人的なものになった。脆弱な生物組織である肉体が傷ついた。まず目が痛い。額から流れる血が目にはいって視界をふさぐ。脳を守る頭蓋骨と厚さ数ミリの薄い皮膚が傷ついている。ライブラリアン類の防衛網を突破してきた金属の塊が回転しながらぶつかったのだ。周囲を固めていた味方のドローンももういない。サーヤの存在そのものが危機に瀕している。

五十トンのライブラリアン類は強力な味方だが、無敵ではない。すでにサーヤを狙った攻撃を何百発も代わりに受けて、動けなくなりつつある。金属の防壁には大きな亀裂ができ、動くたびに輝く塵をまき散らしている。

そしてその亀裂から、サーヤは迫りくる死が見えた。それはネットワークの戦闘マシンですらない。ただの清掃ドローン。接続の糸をうしろに引っぱっている。大きななにかとぶつかって偶然こちらへ飛ばされてきたのだろう。数秒前までこちらの精神の一部だったものが、いまは頭を吹き飛ばす勢いで飛んでくる。よける暇はない。まさに衛生設備に殺されるという図だ。

ぶつかる寸前、清掃ドローンは二つに割れて飛んでいった。火花を散らす断面がサーヤの両頰をかすめて凍傷のようになった。まだ生きている。しかし自分で身を守ったのではない。無理だ。そんな余裕はなかった。ライブラリアン類でもない。その冷たい金属から体を離しても無反応なほどだ。

突然、視界が閉じていくハッチでおおわれ、気がついたら赤い闇のなかに浮いていた。

『来ました。なにがなんだかわかりませんが、来ました』

内部のホロ画面にイレブンの輝く赤い文字が表示された。

「イレブン……」サーヤは自分の声で言った。自分の肺と自分の声帯を使った。「イレブン、わたしは……その……」

なにを言うのか。助けてと言うべきか。しかしスーツはすでにその行動に出ている。こちらのネットワークに接続してすらいない。精神を乗っ取ってごめんなさいと謝るべきか。意識しなかったが、そうしたはずだ。もとのネットワークから切り離し、ほかの多数の知性体といっしょにこのネットワークに組みこんだ。その感情の海のなかにある一抹の恐怖がわかった。マーとロシュとサンディのヘルパー知性体にも同様のことをしたはずだ。それぞれの名前すら思い出せないが。

それでもスーツは助けにきてくれた。接続していないのに守ってくれる。

旋回するたびにサーヤの内臓がよじれる。闇のなかで太い腕をふるい、ドローンを遠くへはじき飛ばす。つぶし、ちぎり、投げる。イレブンらしからぬ機敏な動きでよける。スーツは物理的に頑丈だ。何トンもある銀色の金属の体で戦う。

しかしライブラリアン類とおなじく無敵ではない。

大きな衝撃とともに右腕がもぎとられ、回転しながら十メートルむこうへ飛んでいった。左腕はもう動かない。鞭として体を回転させてふるうしかない。衝突をよけられず、かろうじて中心にあたらないように体をずらした。衝撃のたびにホロ映像は乱れ、またたく。やがて映像は必要なくなった。スーツの正面に大穴があいている。

「もうやめて！」

サーヤは叫んだ。しかしネットワークが支配する銀河でなにを叫んでも無駄だ。穴に素手を伸ばしたが、裂けた鋼鉄を直せるわけもない。命じられておらず、義務でもないのに助けにきてくれたイレブンが、壊れかけている。友人が負傷している。サーヤはこの傷を修理できるという無茶な考えにとりつかれた。ネットワークが攻撃の手を数秒間ゆるめてくれれば……。

しかしホロ映像は完全に消えた。かわりに輝く文字が一言だけ表示された。

〝逃げて〟

「逃げるって、どこへ?」

サーヤは叫んだ。立て続けの衝突の騒音に耐えきれず、両手で耳をふさいでいる。衝突はそのたびに内壁が変形するほどはげしい。

〝逃げて〟

しかしハッチはきしむばかりで開かない。横にねじれ、アクチュエータがゆがむ。正面にあいた穴はサーヤが通り抜けるには小さい。そもそも金属が飛びかう外へ出たら人体などひとたまりもない。

〝逃げて〟

意思の力では肉体を捨てられなかった。知性は本能を乗り越えられなかった。しかし、信頼があればできる。イレブンがサーヤの現状を理解していないとしても関係ない。イレブンから逃げろと言われて、サーヤの精神は逃げられると信じた。だから逃げた。からみつく恐怖と無謀な信頼をばねにして、精神は肉体の殻を離脱し、残骸となった友人の体から飛翔体のように飛び出した。

逃げて……。

逃げた。もとの千倍の速度で移動した。精神を次々に踏み台にして通過した。訪問者回廊をかこむ光り輝くネットを、糸から糸へ飛び移りながら突っ走る。まず自分の肉体からブラックスター表面までの数キロメートルを一瞬で渡り、さらに加速した。ネットワークの精神をつないだ輝く糸をたどる。電線を流れる電流のようだ。

逃げて……。

おきざりにした肉体は廃墟だ。前方にはネットワークの輝くケーブルが八百星系へ延びている。その一本の先に故郷がある。オブザーバー類に行けと言われた場所。ビーコンのように輝いて見える。あれが活路だ。あの先にオブザーバー類が待っている。そしてサーヤを二回殺し、イレブンの腹を引き裂いた力との戦いも。

ところが、そちらへ行けなかった。

ネットワークの防衛機構のしわざだ。サーヤが肉体を防衛しているあいだにやられた。その方向へむかう宇宙船が物理的に排除された。ブラックスターに到着する宇宙船はせき止められ、出発する宇宙船は行き先を変更させられた。そのためサーヤの前方は飛び渡るべき精神がない無の空間になった。ネットワークのかすかな糸をつたって思いきり遠くへ渡ろうとするが……。

届かない。渡れない。

行ける方向を探した。いつも先まわりして行く手をふさぐ巨大な精神から逃れたい。オブザーバー類を呪った。自信過剰な狂信者の口車にのせられて、ネットワークに対抗できると思いこんでしまった。隔離されたのだ。ほかの船はどんどん離れていく。広大な無の空間に浮かぶ一隻の船にとり残された。

まだ切られていない数本の糸にそって後退しようとしたが、どれも通じていると見せた偽装だった。トラップが急速にせばまっていく。明白な逃げ道は、さらに悪い状況に通じている。ネットワークは本能的に異物を隔離している。そのうえで処刑するのだ。ネットワークを支配する精神は気づきもしない。あとで結果だけを知るだろう。

ブラックスターのまわりには数兆の精神がめぐっている。居住者よりはるかに多い。彼らはサーヤの処刑に加担しながら、それを意識していない。彼らは奴隷だ。最大の亜空間トンネルへはいる巨大な光のツリーに隷属している。この光と力のツリーはほかの千倍も輝き、トンネルのむこうで千倍の知性につながっているのだろう。

〝あのむこう側ではこのブラックスターが小惑星程度に見えるはず〟

イレブンからそう説明された。しかしサーヤの精神を破壊するのにそんな大きな助力はいらない。各階層のごく一部でもあらゆる規模の脅威を打ち砕けるはずだ。サーヤなどあっというまに消される。

もしサーヤが物理的存在で時空の法則に支配されていたら、動けなかった。しかしそうではない。移動方向を瞬時に変え、光速の天使のように飛びまわれた。ネットワークが敷いた線にそって精神から精神へ飛び移った。そうやってこの最大の亜空間トンネルに近づいた。

ネットワークはサーヤが逃げると思っている。そこで逆のことをした。中央神経系へまっすぐ飛んだ。矮小な精神をあとにして、低階層者は見たこともない最大の精神のあいだに飛びこみ、大暴れしてやる。

光速で空間を飛びながら精神で言った。

(わたしは娘のサーヤ。なにも恐れない)

秒速三十万キロメートルの光速をもってしても、最大の亜空間トンネルの入り口まではい一瞬を要する。それでも哨兵たちが対応を協議する暇はない。ましてブラックスターを動かす巨大な精神やネットワークそのものが対応する余裕はない。ネットワーク自身が教えてくれたことだ。だからこそその構成要素は一定の本能と一定の責任範囲を持たされている。危機にあたっては独自に判断して行動する。小ネットワークがその中枢へ侵入しようとしているのは、前代未聞の危機に属する。

危機だと、十億の哨兵が口々に叫ぶ。危険が迫っているという彼らのメッセージがネットワークを光速で飛びかう。彼らは仕事をわきまえている。サーヤを内部機構へいれないことが彼らの職務だ。そこでそれぞれ独立して緊急対応の方針を決めた。

隔離だ。

それは最後の決断でもあった。直径一万五千キロメートルのトンネルが一瞬で閉じた。何億年も開いていた時空のほころびが強烈な力で閉じられ、それをかこんでいた哨兵の輪は炎の冠と化した。衝撃波が津波のように実空間に広がり、あらゆる船を揺らして、ブラックスターの内部を光速で通過した。そのあとから闇が追いかけた。知性体が兆単位でネットワークから脱落していった。

ブラックスターそのものは直径一億二千万キロメートル。それが直径一億五千万キロメートルの時空のポケットにおさまっている。波は光速で伝わるので、最後の知性体がネット落ちするまで八分かかる。亜空間トンネルは次々と閉じていく。情報とエネルギーの巨大な流れが遮断される。八百本の亜空間トンネルでつながった八百星系。一億立方光年の空間に散在するそれらが、闇につつまれていく。惑星も衛星軌道も次々に呑まれる。数時間後には十億の百万倍のネットワークインプラントがおなじメッセージを表示しているはずだ。
『ネットワークがみつかりません』

さい)

(以下の情報は古い可能性があります。ネットワークに再接続して最新版を閲覧してください)

出典『ウィドウ類における死――宇宙生物学者の悪夢(第四巻)』
著者『脆弱な幼生』
日付『〜七三三五年』
コンテンツ警告 『露骨な暴力』『露骨な女家長制』

脚注や挿入注が追加されていることに注意。この物語はウィドウ類の複雑な称号システムに一定の予備知識があることを前提としている。

サーヤの歌(第一節)

娘よ、このお話はまえにもしたけど、よろこんでまた話しましょう。
昔々の女王時代、海といくつもの太陽のむこうに、サーヤという名の娘がいました。サーヤは大人になり『**注、甲殻が硬化したことを意味する**』、交尾の儀式に何度も参加しましたが、体格が小さいせいでなかなか母になれませんでした。そのため共同体ではのけ者にされていました。

「まだ娘がいないの、サーヤ？　なぜ刃が乾いているの？　のろまで男を狩れないの？[*1]」

と姉妹たちにからかわれました。

娘のサーヤは平然と受け流していましたが、季節をかさね、年をかさねても続くのでうんざりしてきました。繁殖期の最終年『**注、第二変態周期**』にようやく男をとらえることができて、サーヤはウィドウ類のサーヤになり、子『**注、受精卵**』を宿しました。時が満ちて産卵すると、慣習にしたがって容器にいれて蓋をし、昼も夜もその上に立って守りました。姉妹たちを信用できなかったからです。すこしでも巣から離れたら、そのすきに蓋を開けられて卵群をつぶされると思ったのです。

サーヤはウィドウ類になり、まもなく母になるはずですが、姉妹たちはからかうのをやめませんでした。

「ウィドウ類のサーヤ、あなたの卵群は小さいにちがいないわ！　それでは一人の娘は育たないわよ！」

姉妹たちは何度も巣のそばを通りましたが、姉妹に食べ物を運ぶ義務を果たさなかったので、サーヤは何日もたつと空腹で気絶しそうになりました。

「どうやって娘に食べ物を運ぶの？　それでは一日ももたずに死んでしまうわ！」

ウィドウ類のサーヤは弱って返事をできませんでしたが、それでも巣を離れませんでした。

また時が満ちて、ウィドウ類のサーヤが餓死寸前になっているとき、ようやく卵群がかえりました。戦いは短時間でした。*2 生き残った娘の鳴き声が聞こえると、ウィドウ類のサーヤは最後の仕事をはじめました。下から聞こえる騒音の荒々しさに驚きながら、最後の力をふりしぼって仕事を果たしました。こうしてウィドウ類のサーヤは母のサーヤになりました。日没の光のなかに新しい刃が初めて突き上げられたとき、娘の食事は用意されていました。

その夜やってきたほかのウィドウ類たちは、驚く光景を見ました。巣の上には甲殻だけになったウィドウ類の死体がありました。その肉を食べていたのは、見たこともないほど大きな娘でした。*3 体はとても黒く、月の光を飲んだ水のようでした。目は五百十二個の星のように輝いていました。刃は岩を割るほど強く、落葉を空中で切れるほど鋭利でした。口器を鳴らしてウィドウ類の野次馬を威嚇し、母をひと口食べるごとに大きくなりました。

ウィドウ類はひそひそと相談してから、一人が伝統的な挨拶をしました。

「娘よ！　あなたを歓迎します！」

生まれたばかりの娘は返事をせず、食べつづけました。

共同体はその大きさと強さに驚きました。目のまえでさらに成長しています！

「娘よ！　あなたの母は死んだので、わたしたちがあなたに名前をつけます。そして姉妹として迎えいれます！」

こんな優秀な娘が加われば共同体は高地でも羨望の的になるはずです。

娘は雨のような声で尋ねました。

「母はどう呼ばれていたの？」

まだ幼い娘が言葉を話したので、ウィドウ類たちはざわつきました。やがて最年長者**『注、もっとも多くの傷痕がある者』**[*4]が歩み出て言いました。

「母の名はウィドウ類のサーヤでした」

「称号はそれだけ？」娘は問いました。

共同体は困って相談しました。このような形で名誉をあたえたくはありませんが、この優秀な娘を怒らせたくもなかったからです。ようやく彼らは伝えました。

「いま決めました。彼女は保護者のサーヤとして伝えていくことにしましょう」

娘は答えました。

「それでいい。わたしは母の名を受け継ぐ。ただし保護者ではなく、破壊者と号する。そしてまず、あなたたちが母にしたのとおなじことを、あなたたちにする」
娘たちよ、それが共同体の聞いた最後の言葉でした。この続きはまたべつの夜に。

(以下はデータ喪失)

＊1　生理学的な詳細は用心深く隠されているが、この発言からウィドウ類の繁殖法における不愉快な側面がうかがえる。
＊2　戦闘が極端に短時間だったのはウィドウ類としてきわめてめずらしい。ウィドウ類の伝承でも幼生の戦いは数日続くのが一般的であるため、この幼生が最初から凶暴だったことがうかがえる。
＊3　生まれたばかりの子が大人に殺されたり食われたりするのを防ぐために、進化が編み出した戦略でもっとも一般的なのは、大人の目に子が魅力的に、つまり〝かわいく〟映るようにすることだ。しかし成体のウィドウ類はしばしば共食いをする。彼らの抑制戦略は、単純に幼生を有毒に、成体を無毒にすることだ。

＊4　ウィドウ類の読者には明白な事実がここにも隠されている。すなわち、ここで話したウィドウ類は、母の称号を否定したことでサーヤを死後も侮辱した。この物語の話者は前半部でこのような過ちを避けている。

第五階層

35

幼い女の子が素っ裸で、膝まで水につかって立っている。

川の浅瀬で、隣には母がいる。ふくらはぎの途中まで水にはいり、小さな青いものを水につけて左右に動かしている。女の子の服だ。動物を追いかけて泥だらけになったのだ。まわりにはほかの大人もいる。母の友人たちだ。一人が冗談を言うとみんな笑うので、女の子も冗談だとわかり、なにがおもしろいのかわからないままいっしょに声をたてて笑う。

冗談が終わると、浅瀬をまた歩きはじめる。探しているのはおもしろい石。今日はすでに一個みつけたが、もっといいのがみつかるかもしれない。川底を熱心に見る。本流のほうへ行ってはいけない。流れが穏やかなこの浅瀬だけだ。

水はいつ見てもおもしろい。きらきらと光り、さらさらと流れ、ぽちゃんと跳ねる。村のなかを流れ、服をきれいにする。ときどき不思議に思う。水は汚れて村から流れ出るのに、反対からもどってくるときはなぜきれいになっているのか。

いまは水がきれいな側にいる。女の子は流れを目で追う。ここから村のなかを流れ、遠くで上へ登りはじめる。しだいに急な傾斜を登り、森にはいるころには垂直になっている。それでもまだ止まらない。しだいに逆さになって登りつづけ、ついに世界の緑の天井に達して、太陽のむこう側を流れる。いまはまぶしくてよく見えないが、夜に太陽が月に変われば暗くなり、世界のむこう側の川はちらちらと光を反射する姿になる。むこう側でもおなじように流れているはずだ。なぜならおなじ流れのなかに女の子は立っている。完璧で終わりのない循環。ここから登っていき、流れ下り、また登っていく……。むこう側に立って見上げれば、この村が天井に見えるはずだ。そうなっている。世界はそのようにできている。そんなことを考えていると……。

突然、水のなか。

引き上げられて咳きこむ。抱き上げてくれた茶色の腕にしがみつく。目を丸くして震える。母の友人たちは笑っている。上へ上へと見上げているうちに、うしろに倒れたのだ。みんなから笑われて、女の子は怒る。怒るのが嫌いで泣きだす。体が思いどおりにならないのがいやだ。それが一度ならず二度も。倒れたことが一つめ。泣きたくないのに泣いてしまうのが二つめ。

黙って！

叫ぶと、みんな黙る。黙って視線をかわすようすも嫌いだ。でもそれをどうやってやめてもらえばいいかわからず、母の服に顔をうずめる。泣いているからではなく、涙を川の水でぬぐわれたくないから。

自分の立っている側だけを見なさいと、母が言う。

返事のかわりに怒った声をたてる。

愛してると、母は言う。

また怒った声をたてる。今度は不機嫌なリズムで言葉をなぞる。あい……して……る……。そして母の濡れた服のなかで息をつく。怒りつづけるのに疲れて泣きやむ。母に抱かれるといつもそうなる。

母が耳もとでささやく。

見て、宇宙よ。

母の腕のなかでむきを変え、川底でみつけた石を見る。日の光をたくさんの色に分解してきらめく。女の子の手におさまる手頃な大きさ。むしょうに遠くへ投げたくなる。でもだめ。これしかない貴重な石だから、放り投げてはいけない。

母が言う。

想像してみて。とてもおおまかに、ここととはちがう仕組みの銀河があると思って。面倒なところは適当に考える。たとえば、数百万の種属はなかよく五億年暮らしてきたことにする。賢者のあなたは、そのなかで二、三点を変更する。その結果はどうなるかしら?

幼い女の子はため息をつく。手のなかでもてあそぶ。何度もひっくり返し、滑らかな表面をなでる。

母は続ける。

命令はしないわ。交渉もしない。どちらも超越している。わたしはあなたの性質をつくった。準備し、かたちづくり、強化した。もうなにも言わなくても、あなたはやるはずのことをやる。

女の子は石から顔を上げる。母の前髪の下の影のなかに、顔はない。もつれた光る糸があるだけ。見たことがないほど細く繊細な糸。

母の声が言う。

行きなさい、娘よ。オブザーバー類が待っているわ。

36

サーヤはくしゃみをした。

突然の大きなくしゃみ。厄介な生体反応だ。その結果、直後に、あおむけになった顔の上に不潔な霧が舞う。不快感から顔をそむけた。それでも目は閉じたまま。目をあければ現実がある。むきあいたくない。目を閉じていれば、宇宙は自分の頭蓋骨のなかにとどまる。

「これは生きてるってことかな」

聞き覚えのある声が言った。それを受けて、おなじ声がべつの方向から言った。

「死んでるならボスがおれたちにあずけるわけがないだろう」

「絶対？」

「絶対かっていわれると……わかんないけど」

なにか起きた。なにか大きなことが。めったにないほど大きなこと。なにかが死んだ。

あるいはなにかが生まれた。今日の銀河と、昨日の——あるいは前回意識があったときの——銀河は異なる。そこには自分が関係している。

しかし小さくなっているときに大きなことを考えるのは難しい。いまの自分はそれだ。小さい。

そして驚いている。

「指が動いた」

「やっぱり生きてるな」

「それは確定事項だと思うけど」

「いまのところ矛盾のない仮説というべきだろう」

小さいのも悪くない。小さいと小さなことがよくわかる。温かな光を感じる。まぶたを通して赤く見える。そよ風が頰をなで、もつれた髪を揺らす。背中の下の地面もよくわかる。ざらざらで、でこぼこして、痛いところもある。ただ息をするだけでうれしい。こんなふうに……。

なんてことだ。予想していなかった。

記憶にある。その正真正銘、まじりけなしの本物だ。記憶庫の記憶が灰色で味気なく感じられるほど。知らぬまに脳のどこかに封印されていた印象の洪水。湿った緑と明るい黄色のきらめき。したたる水と強い熱。多種多様なにおいと味。F型バー食品の百四十四種類の風味におさまらない。自分とおなじ色と形の手が髪をかきわける……。

「水を漏らしてる。ほら、目から」

「人類だからだ。あちこちから液体を漏らすんだ」

「本当かな」

「本当さ。ボスが言ってた」

ふいに、サーヤの右の鼻孔になにかが這いこんだ。

飛び上がるように起きて、自分の顔を叩いた。なにかがいる。無遠慮に動きまわっている。あわててロシュの指を突っこんだ。かつて経験したことのない——といってもここ数日の範囲だが——最悪の感覚だ。そしてもう一度大きなくしゃみ。すると違和感は消えた。

サーヤは立ち上がった。目をみはり、両手で鼻を押さえ、頬には涙の跡を何本もつけている。まわりは森。

そして宇宙の果てまで五メートルだった。

いまどうなっているかわからない鼻を両手でおおって守ったまま、茫然と見つめた。緑豊かな森の現実があるところで中断し、漆黒に呑まれている。正体不明。宇宙空間より黒い。本当の黒を知らなかったと思わされるほどだ。サーヤが立つ道どころか森全体、もしかすると宇宙そのものが、ここで終わっている。目を離せないほど深い黒色の壁に断ち切られている。見上げると高い。どこまでも続いて、もしかすると何光年も延びているのかもしれない。それを否定する視覚的手がかりはない。

背後で小さな喉が咳払いした。大声で言う。

「娘のサーヤ！　ようこそ！」

そこで宇宙の果てから目を離し、振り返った。背後に立っていたのは、とても見覚えのある二人だった。これまでオブザーバー類を何十万人も見た。いくつもの視点から、数十年の時をへだてて、何光年も離れたあちこちの場所で彼らを見てきた。その個体はすべて同一で差異はなかった。しかし目のまえの二人はちがう。着ているのは手づくりの服らしく、オブザーバー類の同一のチュニックではない。そして髪は……特徴的というべきか。一人はつるつるの禿げ頭。もう一人は白い髪が爆発したようなもじゃもじゃ頭だ。

「鼻がどうかしたの？」

もじゃもじゃ髪のほうが口をゆがませて訊いた。

サーヤは両手を下ろして尋ねた。

「オブザーバー類なの？」

今度は禿げ頭が答えた。

「最初の質問がそれか。ほかにないのか。たとえば……なぜわたしは生きてるのとか、ここはどことか、ネットワークはどうなったのとか。そういう質問はしないのか？」

言われてみればそれらもいい質問だ。

「いいわ。じゃあ……それ全部」

もじゃもじゃ髪が親切な笑みで答えた。

「きみが生きてるのは、ボスが救ったからだよ。ボスが救ったのは、きみがネットワークを切断したからで――」

禿げ頭が頭上を指さしながら続けた。

「といっても、あのブラックスターに接続していた全星系ってだけだ。それでもたくさんだから、いい仕事をしたといえる」

禿げ頭はにやりとして言った。

サーヤも思わず笑顔になった。ネットワークを切断できたらしい。すくなくとも一部の星系については。ウォータータワー出身の一介の人類にしてはよくやったといえる。

もじゃもじゃ頭が笑顔のまま続けた。

「そして最初の質問だけど……ぼくらのことはどう呼んでくれてもいいよ。まだ幼くて集合精神には加われない。だからオブザーバー類になってなくて、ここにとどまっている。

きみの歓迎団みたいなものさ」

「そうだ。ようこそ」禿げ頭が無表情に言った。

サーヤは興味深く二人を見た。いまはそれぞれ個性があるが、いずれオブザーバー類の精神に加わるらしい。

「オブザーバー類になりたい？」

二人は目を見かわした。禿げ頭が木のこずえをちらりと見てから、二人で声をあわせて答えた。

「当然だよ」

「そう……」

こずえになにがいるのか見たかったが、がまんした。

「でもいまはオブザーバー類ではないのね。じゃあとりあえず……モジャモジャ君とハゲ君と呼んでいい？」

二人は黙って目を見かわした。

「わかった。もうちょっとましな名前にするわね。うーん……」

左側のもじゃもじゃ頭を指さす。

「きみは……左」

「いいよ！」左は満面の笑みで答えた。

「ということは、おれはハゲ君のままか」もう一人が言う。

森のそよ風に髪をなびかせる左は、相棒を見た。

「きみは右に決まってるだろう！」

「そんなわけない。おまえが左なんだから、ええと……」右は考えこむ。

左はわざとらしくサーヤにささやいた。

「ちょっと頭の回転が遅いんだよ」

「なんだと、モジャモジャのくせに——」

「やめて」自分がいいかげんにつけた名前のせいで喧嘩になりそうなので、サーヤは割りこんだ。「とにかく……あなたたちは歓迎団なのよね」

「そうだよ！」

左が大きな笑顔で答えた。無数のオブザーバー類の顔でも見た表情だが、どことなくちがう。個性のひらめきがある。やはりオブザーバー類とはちがう。

右は笑っていない。しかし仏頂面も個性のうちだ。

「まあな。あんたが途方に暮れないように解説するのが仕事だ。ボスはいま最大級に大きくなってて——」

「数兆の集合精神だよ！　初めて全個体が集まってるんだ！」左が言った。

「――それであんたが……パニックを起こさないようにって」

サーヤは逆光になった森の枝葉を見上げた。

「ああ、そんな……」

巨大な精神を相手にどう話すべきかわからないというように口ごもった。

「でも驚かせるのも狙いのうちなんだ」左が言った。「きみの目覚めをドラマチックに演出してやれと言われた。心臓が止まるほど驚かせてはいけないけど、落胆してしょんぼりさせてもいけないって。それで選んだのがこの場所。どう？」

小さな顔に期待の表情を浮かべているので、ほめてやったほうがよさそうだ。

「とても……よかったわ。ドラマチックだった。とくに興味深いのが――」

肩ごしに背後を親指でしめした。

「恐怖の黒い壁。おれの案だよ」右が言う。

「二人の案だろう！」左が言う。「それはともかく。きみは訊きたいことがたくさんあるはずだから、答えてやれってボスから言われてる。だからいいよ。なんでも質問して」

最初の質問を決めるまでやや時間が必要だった。訊きたいことは頭のなかに山ほどある。それを一つにまとめるとしたら、これだ。自分の存在の根幹にかかわる質問。深呼吸した。

訊くのが怖い。

「ちがうよ」

右が言った。まだなにも質問していないのに。サーヤはまばたきした。

「ちがうって、なにが？」

相棒も肘でつつく。

「まだなにも訊いてないだろう」

右は禿げ頭をかきながら答えた。

「訊きたいことはわかってるよ。ここは人類のコロニーなのかって話だろう。だから、ちがう。コロニーはあっち――」真上を指さす。「――近くだよ。でもここには人類はいない。あんただけ。いまのところはね」

「ばらしすぎだよ。ボスの出番がなくなるじゃないか」左がささやく。

「やべ。まずい」

右はあわててうつむいた。

しかしサーヤはすでに驚愕していた。近く……。数光年先か、あるいはこの樹木園の青く明るい天井のすぐ上か。とにかく、近くにいる……。

女神さま。

青い天井を凝視して痛くなった目を引き離した。

「いいわ。わかった。ここは人類のコロニーではないと……」それにしては気味悪いほど見覚えがあるのはなぜだろう。「じゃあ、どこなの？」

左がまた笑顔になった。

「簡単さ。ここはオブザーバー類の脳のなかだ」

サーヤは森を眺めた。茶色と、緑と、樹冠からわずかにのぞく青。耳をすませば風にそよぐ葉ずれや、姿のない動物の鳴き声が聞こえる。

「ええと……その答えで理解しろと？」

「無理だろうな」と右。

質問しても返ってくるのはこういう答えらしい。まあいい。続けよう。

「じゃあ……この、なんていうか……」

背後の宇宙の果てを肩ごしにしめす。

「巨大で恐ろしい漆黒の壁かい？」左が笑顔で言う。

「そう。なんなの、これ」

すると右が歩み出た。

「娘のサーヤよ、汝はいま、人類戦争を生き延びたただ一隻の人類の船のまえに立っているのだ」

言いおえてから相棒を見る。

「どうだ。いまの、ドラマチックだったか？」

左がなにか答え、二人はまた言い争いをはじめた。しかしサーヤは聞いていない。

これが本物の、実物の、まごうことなき人類の船だというのか。ゆっくりと振り返りながら、口が半開きになるのを感じた。暗黒の境界線。見たことがないほど黒いこれには実体があるのだ。

人類の同胞が近くにいる。人類がつくったものがここにある。かつてなく仲間のもとに近づいている。引き寄せられるように一歩、二歩と近づいた。現実から投げこまれるあらゆるものを呑みこむような黒。すくなくとも光は吸収する。

手を伸ばしながらつぶやいた。

「すごく……黒い。存在してるのかもわからないくらい。いま……さわってる？」

突然、船がなにか叫んで、驚いたサーヤは尻もちをついた。

あたりを震わせる大音声が消えたあとに、オブザーバー類未満の一人が言った。

「ああ、やっぱり。まただよ」

「不機嫌なんだよな。いつもいまみたいに言う」もう一人も言う。

サーヤは地面にへたりこんだままつぶやいた。いまのは人類の声か。そうにちがいない。

「ねえ、いまの――」胸が震える。「――人類の言語だった?」

おなじ声で船はまた言った。

「ネットワーク標準語を検知しました。メッセージをくりかえします。ようこそ、人類」

サーヤは目をみはった。まず認めなくてはいけない。自分はつぎはぎの存在だ。人類であり、ウィドウ類であり、ほかにもあるかもしれない。記憶は断片的で、矛盾する欲望をかかえている。ありとあらゆる言語でありとあらゆることを言われてきた。しかしこれだけは、いま初めて言われた。

ようこそ、人類。

歓迎団の一人が相棒にささやいている。

「おい、また液体を漏らしてるぞ」

「いつものことだよ」もう一人が答える。

サーヤは聞いていない。目のまえのものに意識が集中し、ほかはどうでもいい。自分とおなじ五本の指を持つ手がつくった船がここにある。ゆっくり立ち上がり、汎用スーツの裾で手をぬぐった。体の漏水反応を無視して静かに言う。

「女神さま……」

「船……あなたのことを教えて」

「本船は惑星破壊級戦艦《プラネットトレッカー》、火を運ぶ者号《ファイアブリンガー》です。冬眠モードで人類のユーザーをお待ちしていました」

「女神さま……」サーヤはつぶやいた。

「命令を認識できませんでした。くりかえしてください」船は言った。

背後の小さな喉が咳払いをした。

「いま……命令って言わなかったか？」

「興味深いね」

「恐ろしい」

サーヤは船体の表面に手を滑らせた。この黒い巨体になにがはいっているのか。さわってもなにも感じない。指が押し返されるだけ。それでもとてつもない力を秘めているとわかる。

「船――」

ぎこちない笑い声にさえぎられた。左が言う。

「待って」サーヤと黒い壁のあいだに割りこむ。笑顔はほとんど消えている。「いきあたりばったりの命令をするのはよくないと思うんだ。そもそもここへ連れてきたのがまずかった。そうだ、そろそろ夕飯にしようよ。だから――」サーヤの脚を強引に押す。「――あっちへ行こう」

右は意見が異なるようだ。

「いいじゃないか。皆殺しの一歩手前になるのを見物しようぜ」

「見物できるわけないだろう。正気かい？　これに話しかけたことがあるのか？」

「あるさ。だからこそ観察《オブザーブ》したいんだ。おれは正気だ。ボスが正気ならな」

左は汗で湿った白い髪を額からかきあげた。

「どんな状況もきみの隣で観察する覚悟があるよ。でも人類の戦艦が人類の命令を受けはじめたとなると――」

サーヤは困惑して割りこんだ。

「べつに皆殺しなんかしないわよ。わたしはただ――」

すると船が大きな声で答えた。

「ファイアブリンガー号は〝皆殺し〟命令を実行する手段を複数そなえています。お好みの手段を選択してください。核兵器、反物質兵器、ナノ兵器、相対論兵器、重力兵器、その他いろいろとりそろえています」

「だめだよ！」左は振りむいて小さな拳で船を叩いた。「命令をキャンセルして！」

ばかりだ。

サーヤは目を丸くして船を見た。ネットワークの教育では人類史の遺物とされる言葉ば

「ちょっと言うだけで命令になるのか。簡単だな」右は感心したようす。

「認証済みユーザーではありません」船はそっけない。

「いいわ。じゃなくて……やめて。不要よ」

「命令を修正しますか？　修正案としては〝全員を負傷にとどめる〟〝殺すのを一部にする〟などがあります」

左の不安がすこし理解できた。

「だめよ。こちらの希望は……命令をキャンセル」

「命令をキャンセルしました。全兵装は待機状態にもどります」

右が暗黒の壁をこつこつと叩いて言った。

「問題はこれだよ。なかにはいってるのはネットワーク精神じゃない。なんていうか……価値観がちがうんだ。人類が設計した人工知能で、しかも長らくだれとも話してない」

「ボスは話したらしいよ。そう言ってた」左が言った。

「よけいにまずい。だからかえって……おかしな発想をするんだ。たとえばサンドイッチをつくれと命令してみろよ。きっとおまえの腹を切り開いて材料にするぞ」

「そうだよ、やっぱりおなかがすいただろう！　早く夕飯に――」

「それでも理屈は通ってるんだ。考えようによってはな」

「ボスの視点ではね。そのボスが用意してくれる夕飯なんだから」

サーヤは黒い船体に手をはわせた。かつてこの船は戦艦としていくつもの星系を破壊したのかもしれない。それでも人類の手になる製品だ。離れたくない。これが戦闘中の姿を、直接ではないにせよ、見たことがあると気づいた。人類がしかけた殲滅戦で亜空間からこの黒い影が出てくる場面を思い出せる。

「超光速飛行もできるはずね」

つぶやいたとたん、サーヤの髪が逆立って真上になびきはじめた。足もとの草の葉もいっせいに直立している。頭上では木々の枝が空へ持ち上げられてめきめきと音をたてている。

船が言う。

「超光速エンジンを起動しました。再突入する時空間座標を入力してください。出発時に生存したければ船内にはいってください」

「再突入する時空間？　つまりそこまで時空間を離脱するってことか？」右が言った。

左は逆立つ髪を片手で押さえ、反対の手で小さな服の裾を押さえている。

「だめだよ！　発進しちゃだめ！　ええと……中止！　船、停止して！」

「認証済みユーザーではありません」

右が小さな首を振った。

「係留場の空きスペースを探して移動しろって命令してみろよ。きっとナノ兵器を発射するぞ」

サーヤは空気を震わせる強烈なエネルギーをしばし味わった。矮小な体にもどっても力の魅力にはあらがえない。

「船、命令をキャンセル」

髪はもとどおり下にたれた。森の木々もきしみながら枝を下げた。

「超光速エンジンを停止しました」船は言った。

左は地面にへたりこみ、がたがたと震えた。

「人類の船のそばで目覚めさせようって言ったけど……きっとドラマチックだと言ったけど……」

「落ち着けよ」右が声をかけてから、サーヤにむきなおった。初めて笑顔になっている。

「そろそろ腹が減ったかい？」

37

二人はサーヤを案内して森を歩きはじめた。あたりは比較的静かなのに、それでも二人はほとんど足音をたてない。ときどき左が立ち止まり、もじゃもじゃ頭をかいて考えこむと、方角をすこし変えてまた歩きだす。

「こっち……だと思う」左は独り言のようにつぶやいた。

右は肩ごしにサーヤに言う。

「食事は期待していいぞ。ボスが手間暇かけて用意してる」

「バー食品が一つ二つあればいいわ」サーヤは答えた。「もしあるならF型46番を。F30以上のものは長らく食べていないから。最後は……」

たぶんウォータータワー以来だ。

「バー食品てなんだか知らないけど、すごくまずそう。数字の食べ物?」

左は小声でまだ言っている。

「やっぱり……こっちかな」

サーヤはさっきからあふれる記憶に刺激されつづけていた。高くそびえる植物の表面に手をはわせる。これは〝木〟だ。母の記憶にあった。その下層にもっと深い記憶が横たわっている。べつの言語か、そもそも言語化されない記憶。樹皮にふれる。刃ではなく手でさわる。指がこの感触を憶えている。森のにおいを鼻が憶えている。でこぼこした地面、種々雑多な植物、行く手をふいに横断する根を足が憶えている。色を、模様を、緑と茶色の交錯と調和を目が憶えている。なにより刺激的なのは、ここにないものだと歩きながら気づいた。

ネットワークがない。

糸がない。暗いのではなく、存在しない。闇のなかを漂う精神がない。ありとあらゆる人格による交流や詮索がない。木々のあいだに隠された人工音源がない。下生えに散水する陽気な園芸ドローンも、せわしなく移動する運搬ドローンもいない。これまでサーヤが訪れたほとんどすべての場所はネットワーク精神が充満していたが、ここにはそれがない。

かわりに、だれかがたくさんひそんでいた。

まず一人、二人と姿をあらわした。歓迎団と三人で歩いているつもりが、ふと気づくと、にこやかな小さな姿が隣にいる。反対を見るとそちらにもいる。本物のオブザーバー類だ。

同一の服装、同一の歩調で、同一の笑顔をむける。案内の二人もすぐに気づき、とたんに元気がなくなった。肩を落とし、うつむき、小さくふぞろいな服のポケットに両手をいれて歩く。いつのまにか三人は、おなじ方向へむかう大勢のオブザーバー類の騒々しい流れのなかにいた。

「歓迎はどうだったよ。多少は驚いてくれたか？」オブザーバー類の一人が訊いた。

「答えなくたっていいぜ。ぜんぶ見てたからな」あとから来たべつの一人が言った。

三人目は右と左をしめした。二人ともオブザーバー類のあいだで小さくなっている。

「こいつらをどう思う？　俺に加われそうか？」

どう答えるべきか迷った。

「まあ……合格でいいんじゃない？」

そのひと言で決まったようだ。

「そうか！　じゃあ今夜は二人追加だな」

右が身震いしたのを見て、サーヤは軽い気持ちで推薦したことを後悔した。しかし奇妙に無関心でもあった。自分に近い大きさの知性体ではなく、巨大な集合精神に共感するのはおかしいが、それでもそう感じた。いまのサーヤは小さいが、かつては大きかった。いまこの瞬間は周囲に潜在的な力を感じないが、かつては感じた。百万倍も強く、高次元から現実を見下ろしたこともある。だからオブザーバー類のまえでももの怖じしなかった。

それでいて同時に、右と左の居心地悪さも理解できた。巨大な精神のあいだで身を寄せあい、孤独に耐えている。サーヤもかつてはそうだった。

顔を上げて、樹冠の切れめからのぞくのっぺりとした青い天井を見た。

「ところで、この樹木園はどれくらいの大きさなの？」

オブザーバー類は嘲笑した。

「樹木園！　まあ手づくりといえば手づくりだけど、これでもれっきとした惑星だぜ」

聞いて背すじがぞくりとした。ここに来て初めて恐怖を感じた。

「ここは惑星の……地表なの？」

べつの個体が答えた。

「いちおうな。ただし、銀河に普通にある惑星とはちがう。近くにおなじようなのが数千個ある」

青い天井に手を振る。天井ではなく空なのだと、サーヤの認識は急速にあらたまった。

「惑星群とでもいうべきかな。史上初のしろものだ！　しかもつくった場所は、なんとネットワークの脳、すなわちブラックスターにうがった穴のなかだ！」満足げに息をつく。

「俺のブラックスターだぜ。まえから一個ほしかったんだ」

サーヤの膝はがくがくと震えだした。

「じゃあ……わたしはいま……外側にいるの？　天井はないの？」

オブザーバー類は下生えを蹴りながら説明した。

「惑星の体積は十億立方キロメートルある。一辺約千キロメートルのどでかい立方体だ。森がなければ四つの大きな山が見える。いうまでもなく、俺たちが立ってる面の四つの角さ。まんなかにはでかい海もある。水は自然とそこに集まる。すこし考えりゃわかるだろうが、どこに立っても多少の傾斜がある。角のあたりはいつも異常気象。そう考えると欠点だらけだ。それでも、自然の摂理に反しようがなにしようが、俺はつくってみたかったんだよ。この立方体惑星をな！」

べつの一人が穏やかにサーヤの脚を叩いた。

「とにかく、最初の質問に答えると、そのとおりだ。てめえは外側に立ってる」

やっぱりか。サーヤの目は即座に上をむき、体は沈むような感覚に襲われた。

「じゃあ……」

「そうさ！」オブザーバー類は楽しげに言った。「上はなにもない空間だ！　そのかわいいちっちゃなおつむでは、想像もできないくらい広大無辺。何世紀落ちていってもなにもぶつからないくらい……。ああ、そうか。てめえは惑星に住んだことがないのか」

サーヤは腰が抜けてへたりこみ、呼吸が荒くなっていた。オブザーバー類の個体がぞろぞろと歩いていくなか、右と左はその流れから守るようにサーヤの前に並んで立っている。通りすぎるオブザーバー類の一人が言った。

「ちょいと興奮しちまった。でも怖がることはねえぜ。人工重力はちゃんとある。それもネットワーク製より高性能なのを仕込んでる。たとえそれがなくても、てめえを張りつけておける質量はある」

「でも……そんな……」

「大丈夫だよ」左が耳もとでささやく。その髪が頰をなでる。

「安全だ」右もささやく。「ここではなにもかも安全さ」

オブザーバー類の流れは止まらない。そのどこかから大声が聞こえた。

「なら、天井だと思えばいい！　俺の新品のブラックスターにいると思えばいいんだ！」

吐きそうとか気絶しそうとか、よけいなことを考えたくないので、提案にしがみついた。ブラックスターか。それならいい。巨大だが閉じている。天井は何重にもある。天井はすばらしい。現実を小さく居心地よく仕切ってくれる。つつんでくれる。はてしない虚無をさえぎる。その手前にあるのが……この大きな青いものだ。これは天井。だんじて空ではない。

震えながら天井、天井……と何度もつぶやいた。尻の下に右と左が肩をいれて押し上げてくれて、ようやく立てた。それでも視線は足もとの下生えに固定し、二人の案内役の小さな肩をしっかり握っている。歯を食いしばって言った。

「大丈夫……もう……大丈夫だから」

二人はなにも言わない。両側から腿を軽く叩かれただけだ。

五百メートルほど先では、オブザーバー類の流れは大河になっていた。十数メートルごとに支流が流れこむ。身長が一メートルほど上まわるサーヤの視点からは、森の下は見渡すかぎりオブザーバー類で埋めつくされている。服装も動きもおなじ。合流するときに、全員が例外なく、一度だけ、同一の金色の瞳でサーヤを見る。

そばをひょこひょこと歩いていく個体が言った。

「せっかくなら夕暮れを背景にすればもっとドラマチックだっただろうな」

「夕暮れ？」

サーヤは不思議に思った。人工環境で育った者にとって夕暮れはたいした経験ではない。照明が昼モードから夜モードに移行するだけ。それがどんな意味を持つのか……わからない。

「目を閉じてみな」べつの個体が笑顔で言った。

そのとおりにした。つまずかないように歩みを遅くする。閃光が一瞬ひらめいて、まぶたごしに赤く見えた。まぶたの静脈をかぞえられそうだったが、光はすぐに消えた。

「いいぜ」オブザーバー類が耳もとでささやく。

オブザーバー類は天を制御できるのだと、サーヤは思った。目をあけると空の色が変わり、ピンクから紺へのグラデーションになっていた。一方にだけ明るいオレンジの帯がある。

そんな空の色の変化を合図にしたように、明るいオレンジと黄色の光がまわりじゅうにともった。オブザーバー類の流れのあちこちで揺れている。火花を空へ舞い上げ、オブザーバー類の長い影を地面に踊らせる。それを持ったオブザーバー類の個体の一人が踊りながらそばを通り、サーヤは頬に熱を感じた。立方体惑星の気候や日照についてのさまざまな疑問が頭から消し飛んだ。いま見ているのがなにかやっと気づいた。

「火！　宇宙船の外で火を燃やすなんて」

「惑星だっつってんだろ。火は正解だ」

息を呑んでまわりの植物を見る。

「これらは、ええと……なんだっけ」

通りすぎるオブザーバー類がうれしそうに答えた。

「木は可燃性なのかって訊きたいのか？　あたりまえだろう！」

「たいまつだ。いるか？」

べつの個体が言って、燃えるものをさしだした。

サーヤは驚いてのけぞった。本能的に髪を両手で押さえ、はじける熱源から遠ざける。小さな火の粉が飛び、黒い煙の尾を引いて近くのオブザーバー類に落ちた。しかしだれも気にしない。笑って髪や服から払い落とすだけ。

「いえ、けっこうよ。いらない」

「なんだ、そうか」

手にしたオブザーバー類は跳びはねるように去った。とてもあぶなっかしい。

サーヤの認知のずれは大きくなった。この巨大な集合精神は、右の言い方を借りれば、〝価値観がちがう〟。そのはずなのだが……。それでも、だれよりもいまを楽しんでいる。日常によろこびを見いだしている。歩くかわりに踊り、話すかわりに叫ぶ。立方体の宇宙船を千隻つくり、外側に森をはやす。なぜなら、そうしたいから。そんな彼に……。

どこへ連れていかれるのだろう。

流れの前方からなにかのリズムが聞こえてきた。オブザーバー類の浮かれた性格が集まって、響くものを叩いている。はじける音とこもった音が反復し、組みあわされる。聞いているとサーヤの足も速く、小刻みに動きはじめた。音源を求めて陽気な狂乱を見まわす。さらに多くの音が闇のなかから聞こえた。高い音や低い音。短い音はくりかえし、長い音は深く響く。それらがまじりあい、一つになって、体の奥にはいってくる。

「これはなに？」

「音楽っていうんだ！」五、六人のオブザーバー類が叫んだ。「俺の趣味の一つさ」

「たいていの種属は理解しない」一人が意味ありげな視線を空にむけた。

「さいわい、俺の子どもたちはちがう」べつの一人が笑顔で言う。

その〝音楽〟はやがて一つのよく通る声になり、明瞭に、リズミカルに聞こえてきた。

もう十億回の十億回生きて
そう一兆回の一兆回死んで
愛して戦って宇宙へ行って
でも心はいつも故郷にある

地表全体から発される声があわさり、津波のように響く。オブザーバー類は吠えた。

でも心はいつも故郷にある！

サーヤは茫然とした。口が半開きになるのがわかったが、どうしようもない。初めてこういうものを聞いた。ウィドウ類のかけ声に似ているが……それより百倍もいい。リズムにのせた言葉が高く飛び、低く流れる。あわさることで、単純なかけ声より深くしみ通る。意識しなかった心の琴線にふれる。知らず知らず口ずさんでいた。

心はいつも故郷にある……。

ああ、いい響きだ。故郷……。

「気にいったか？」

近くのオブザーバー類が笑顔で尋ねた。

返事をできなかった。火が燃えるにおい。肌のほてり。樹冠をざわめかせる風。まわりにいるのは一つの精神。サーヤの正体をはっきりと知り、にもかかわらず——いや、だからこそ——歓迎してくれる。目がまた例の反応をはじめた。泣いてはいない。しかし乾いてもいない。まばたきして熱いものを払い、顔を上げて、歌い踊るオブザーバー類を見た。

空は色を失い、オレンジ色だけが一方に残っている。そして星が見える。そう、無数の星々だ。満天を埋めつくす星空。今度は怖くない。もうわかったのだ。ここが自分のいるべき場所だと。

「ええ、気にいったわ」

小声で言った。人生で最高に気にいったというように。

（以下の情報は古い可能性があります。ネットワークに再接続して最新版を閲覧してください）

〝音楽〟の鑑賞と論争

銀河の発展した領域ではきわめてまれだが、物体の振動から大きな満足を得るという種属が一部に存在する。この振動について語るためだけの語彙を豊富に持つのが特徴で、周波数、振幅、反復頻度やそれらの組みあわせをあらわすさまざまな言葉や記号がある。これを〝音楽〟と称する。

このような種属の出身者には、その音響構造を構築、再現することに興味深い能力を発揮する者が多い。そして音楽を芸術とみなしたがる傾向がある。しかし数百万年におよぶ独立した研究では、本物の芸術作品との相似性はきわめて表層的である。

鑑賞の困難

音楽を芸術として評価することが難しい理由は、その音響構造を解読できるだけの感覚器を発達させた種属がかぎられるところにある。これが大きな関門となって、音楽を制作する種属出身の公認された芸術批評家がいない。音楽の地位にとっては不幸なことに、銀河全体としては音楽制作者の主張以外に評価の手段がないのである。

第二の問題は、音楽を一般に認められた芸術媒体に変換する確実な手法が存在しないことだ。たとえば重力アーティストの傑作ならば、その時空間に広がるタペストリーはほかのいくつかのメディアでも容易に表現できる。またアベレーション類による触覚芸術の傑作も、多くがほかの各種メディアに翻訳可能だ。それに対して、振動芸術を翻訳する試みは、一部の自称作曲家しか満足させられずにいる。

起源と相互関係

音楽の趣味を独自に発達させた種属もあるが、『**火を運ぶ者**』として知られる種属はとくに音楽の制作と消費に貪欲だと、一部の宇宙生物学者は指摘している。

（以下はデータ喪失）

38

第一の観察。

小さな炎は大きな炎になった。加熱装置ではない。換気装置ではない。焼却炉ではない。サーヤがこれまでに知るいかなる熱源とも異なる。本物の、放埒な、火災の一歩手前の裸火。しかもいくつも焚かれる。人類の目では測れないほど広い森の空き地で数十の焚き火が盛大に燃え、まわりで同一の輪郭の影が踊っている。密集して跳ねるようなその踊りを、サーヤもまねしたくなった。

第二の観察。

初めてかぐにおいがする。鼻の奥に充満して全身を支配するような香り。そばの火の上に吊られ、脂をしたたらせる大きな塊に目を惹きつけられる。香りはあれから出ていると鼻が主張する。

唾液でいっぱいになった口を開いて尋ねた。

「あれはなに？」

「あれか？」オブザーバー類は謙遜するように手を振った。「たいしたことない。すべての森で最大で最上級の動物さ！　最高に脂がのってるのを殺した。俺様の腕でな！　体重百二十キロの暴れん坊だったぜ！」

べつの個体も言う。

「一頭倒すのに五人やられた。この宴全体のために何百人も犠牲にした。でもその価値はある」

またべつの一人は賛嘆した。

「牙がすごいんだ！　あれにかかっちゃひとたまりもない！」

サーヤはろくに聞いていなかった。唾液腺が痛いほど刺激されていた。食べるためだけに動物を殺すという新奇な行動も、いまは気にならない。母が狩人だった理由をはっきり理解できた。顎が勝手に動き、喉は生唾を飲み、全身がこれからやることを予行演習している。

オブザーバー類が踊って通過しながら次々に言った。

「一夜の大宴会を準備したんだぜ！」

「最初はごちそうだ！」

「次は踊り！」

「さらにごちそう！」

「そして余興だ！　俺は余興が大好きなんだ！」

「そしてつねに飲む！　飲んで、飲んで、ひと晩じゅう飲んだくれるぜ！」

「それらをぜんぶ、てめえのために用意したんだぜ！」十数人のオブザーバー類が声をあわせて叫んだ。

「サーヤ！　娘のサーヤ！」全体が声をあわせる。

三方から引っぱられて、サーヤは歌い踊るオブザーバー類の渦に巻きこまれた。

「最初はごちそうのはずでしょう！」

サーヤは叫んだ。浮かれ騒ぐオブザーバー類の海に呑みこまれながら、火にあぶられる動物に後ろ髪引かれる。

オブザーバー類は興奮した踊りをはじめながら言った。

「そのへんは口からでまかせさ！　口ではなく、俺の行動を見ろ！」

「さあ、これを！」

べつの二人が叫んだ。サーヤの腕が勝手に持ち上げられ、腕に奇妙な物体が押しこまれた。中空の円筒で、両端に膜が張られている。そばにいる二人のオブザーバー類はおなじものの小型版を持ち、空いた手で膜を叩きはじめた。

「こうするんだ!」

いっしょに叫び、狂ったようなリズムで叩きはじめた。

さっきの音源だとすぐわかった。試しに何度か叩いて笑顔になり、まわりのリズムにあわせはじめた。不思議な気分だ。顔ではさまざまな表情が交錯しているだろう。あちこちから引っぱられて方向感覚をなくしたが、かまわない。獣肉の焼けるにおいをかぎ、足の裏に草の葉を感じて、驚くべきことにサーヤは笑っていた。腹の底からの大笑いが止まらないのは、ウォーターータワー以来だ。

「すごいわ!」

リズムにあわせてぎこちなく体を揺らして笑った。

オブザーバー類は十数個の口から叫ぶ。

「あたりまえさ!　てめえの体はこのためにできてるんだ!」

踊りがどれくらい続いたのかわからない。気にもしなかったが、やがて熱狂はおさまった。音楽は背景で鳴るだけになり、集団は潮のように退いた。サーヤはもみくちゃにされた格好でとり残された。ブーツを両方ともなくして焚き火のそばに立ちつくす。草を足の指で握って立ち、さまざまなにおいを同時に吸いこんで、いまここで死んでも、いい人生だったと言えると思った。

オブザーバー類が自分の胴ほどもある大きな刃物を振り上げて近づいてきた。

「娘のサーヤ！　ホスト役をやってくれねえか」

ナイフと、脂のしたたる肉を交互に見た。そしてまた笑いだした。条件がそろうとすぐに笑いが出る。

「もちろん、いいわよ」

「ウィドウ類の娘には簡単すぎる仕事だな」

「ネットワークを切り刻んだ女に！」

「この宙域の救世主に！」

「サーヤ！　娘のサーヤ！」

集団は叫んだ。
五、六人のオブザーバー類に手伝ってもらい、サーヤは刃物ととがった木の棒を手に、脂で光る動物の脇腹に戦いをいどんだ。指示にしたがって切りこむ。取り落とした刃物はオブザーバー類が受けとめてくれる。湯気を立てる肉を骨から剝がし、棒にいっぱいに刺して出てくると、ほかはなにも目にはいらなくなった。
「待て！」一人のオブザーバー類が駆けよってなにかを肉に振りかけた。「塩化ナトリウムだ。うまくなる」

「これもだ！」

さらに二人が駆けよった。一人がサーヤの空いた手に容器を押しつけ、もう一人が大きな容器から泡立つ液体をそそぐ。甘く強い香りがする。獣肉のにおいと競い、引き立てる。

「サーヤ！　娘のサーヤ！」

オブザーバー類が口々に言う。数十人がおなじ酒杯をサーヤにむけてかかげ、いっせいに飲んだ。

娘のサーヤは片手に熱い酒、反対の手に大量の肉を刺した串を持ち、満天の星の下、焚き火のまえで裸足で仁王立ちした。短い人生のうちにどんな先祖より遠くへ旅した。謀略か偶然によって生み出され、ウィドウ類に育てられ、同胞を発見することを運命づけられている。ネットワークの主張は正しく、オブザーバー類の主張も正しい。そして自分も正しい。

このために生まれたのだ。

「ああ、女神さま」串の肉にかぶりつきながら言った。口いっぱいに頬ばって、あらためて叫ぶ。「ああ！　女神さま！」

「うまいらしいぞ！」一人が叫んだ。

「うまいと言ってるぞ！」オブザーバー類全体が吠えた。

ふたたび合唱する。

「娘のサーヤ！　娘のサーヤ！」

肉を食い、酒を飲み、交互にくりかえす。まわりでオブザーバー類が踊り狂う。サーヤは恍惚としていた。これまで飲食とはバー食品と水だった。こんなものが宇宙にあるとは知らなかった。目から鱗が落ちた。酒の蒸気が鼻腔に満ち、肉の味が口腔に満ちる。二つがまざって胃で点火される。食って笑い、歌って笑い、叫んで笑い、飲んで咳きこんでまた笑う。快楽が脳に定着するのに時間はかからなかった。

「バー食品なんか金輪際食わない」酒杯にむかってつぶやいた。

「そうだ、食わなくていい」オブザーバー類が叫んだ。

酒がこぼれてまた笑った。なにか起きるたびに笑いが出る。

笑いおえて、さっきから汎用スーツの袖を小さな手に引っぱられているのに気づいた。

「ちょっと来てくれ」足もとに立つオブザーバー類が言う。

サーヤは笑いすぎて顔が痛くなっていた。いつから笑っているだろう。もちろん要請にしたがおう。なにしろ相手はオブザーバー類。人類の養父だ。この一人にしたがって踏み荒らされた草原のむこうへ歩いた。口はまだ肉を嚙み、足は音楽にあわせて踊っている。

小さな人影が数人加わり、焚き火のない暗がりへ一行は進んだ。涼風がほてった肌をなでる。案内されたところはオブザーバー類の人影もまばらだ。みんな草原に横になって空を見ている。暗い草のあちこちで金色の瞳が星の光を映している。

一人がかたわらの地面を手で叩いた。

「ここだ。横になれ」

サーヤは酒をもう一杯大きくあおってから、酒杯と肉串をべつのオブザーバー類にあずけた。まだ咀嚼しながら地面にすわる。背中を倒すと無数の星が空いっぱいに広がった。星空は何度も見ているが、これは格別だ。美しい。現実より美しいだろう。星々は宇宙のかなたで煌々と輝き、またたいている。ネットワークユニットの描画ではなく、与圧スーツ内のホロ映像でもない。暖かい大気を通して、森にふちどられた地平線のむこうに見ている。

「女神さま」

サーヤはつぶやいた。初めて見る眺めだ。

「てめえ一人のためにこの眺めをつくってやってる」オブザーバー類が言った。「故郷の惑星がまだあったころ、その地上から見えていた星空を再現してる」

そうだろうと薄々思っていた。頭の一部、脳の奥で感じていた。焚き火のはぜる音。煙と焼いた獣肉のにおい。背中にあたる草の葉の感触。頭上に広がる満天の星々。ほかにはありえない。これぞ人類の生き方と全身が歌っている。

「ところで――」オブザーバー類が言った。

サーヤは背中を起こした。胸がどきりとした。

「これからはじめる話は察しがつくだろう」オブザーバー類はにやりとした。

心臓は早鐘のように鳴りはじめた。右と左は天を指さして、〝コロニーはあっち〟と言った。〝近くだ〟とも。

「それは……その……」

「目を閉じろ」オブザーバー類は穏やかに言った。

サーヤはすぐに目をつむり、震えて待った。駆けよった数人のオブザーバー類の小さな手で腕にさわられて肌が粟立つ。片腕と一本の指をまっすぐ伸ばされた。閉じたまぶたごしに一瞬だけ赤い光がひらめき、消えた。

「よし、そこだ……あけていいぜ」とオブザーバー類。

目をきちんとあけていることにしばらく気づかなかった。満天の星空が消えている。地平線から地平線まで空は漆黒。例外が一カ所。伸ばした指の先になにかがある。人類の戦艦を思わせる深い暗闇のなかに浮かぶ点。サーヤは腕を下ろして、そろそろと立ち上がった。この点が獲物かなにかで、よけいな動きをすると驚いて逃げてしまうかのようだ。全身に愛と驚嘆と焼いた獣肉と発酵した化学物質が満ちて、この虚空に浮かぶ灰色の点を見つめることしかできない。これがなんだかわからないが、体の本能が告げている。

故郷だ。

「あれは……もしかして……」

あとの言葉が続かない。オブザーバー類が静かに言った。

「たとえ俺とおなじ性能の感覚器を持っていても、ここから見えるのは闇のなかで回転する円筒だけだ。多少の知識があれば、一端に小さな超光速エンジンがくくりつけられてるのがわかるかもしれない。回転速度から、なかに生態系が封じこめられてるのも推測できるだろう。しかしそこに一つの社会がおさまってることはわからねえはずだ。オブザーバー類の精神がかたちづくり、育てた社会だ」

べつの個体が話の穂を継いだ。おなじく穏やかな声で続ける。

「その社会はこの宙域でもっとも興味深い。若く、暴力的で、情熱的。ネットワークから独立している。ネットワークの秩序を本能的に拒否したメンバーによる社会。ネットワーク不在の場所でしか繁栄できない種属だ」

次の声は耳もとでささやかれた。その身長でできるかぎり耳に近づいて話す。

「こいつは種《たね》だよ、娘。土に播かれるときを待つ種だ。いまのいままで隠していた。ネットワーク化星系のあいだの虚無の空間にな。しかし、そのときが来た」

闇のなかに星が一つあらわれた。また一つ。オブザーバー類の精神の上に広がる闇に星空がもどってくる。しかしさきほどのように夜空を埋めつくす数はない。ごくまばらだ。

「娘よ、見えてるのはなんだと思う？」オブザーバー類が問う。

見上げて考える。かぞえられそうなほど少ない星々。それでも人類の目と人類の頭で答えに近づくには時間がかかるだろう。

「わからない……」

「八百個の恒星さ。何世紀もかかる亜光速旅行によってネットワークからへだてられた星々。なにをするのも自由で、ネットワークから干渉されない八百個の星系。これらにふたたびネットワークの支配の手が伸びるまで、ゆうに千年はかかる」

オブザーバー類はすべての口から低く笑った。

「さっき見せたのが種。いま見せてるのが土だ、娘よ」

39

サーヤは女神の化身のように闇のなかを歩いた。さまざまな見えないものにつまずく。酒とさまざまな考えで頭がくらくらする。

どの焚き火でもオブザーバー類からおなじ言葉で声をかけられた。彼らは跳びはね、歓声をあげ、酒をかけあっている。ときには肉串で突きあう。サーヤを歓迎する音楽をつくってくれる焚き火もあれば、肉串で戦っている焚き火もある。追いこまれたオブザーバー類が熾火《おきび》に倒れこむと、炎と悲鳴があがる。まわりは歓声をあげる。最初にこれを見たサーヤは戦慄した。三回目には、オブザーバー類のやることだと平然と眺めた。個体は皮膚細胞や血球や神経細胞のようなもので、全体にとって価値は低い。

それにくらべてサーヤは……とても高価値らしかった。どの焚き火でも「娘のサーヤ！」と声をかけられる。オブザーバー類から無数の笑みをむけられる。そのたびに酒杯をかかげて笑顔で答えた。どんな言葉をかけられても、こう言われているように感じる。

てめえは重要なんだ！

オブザーバー類の音楽にあわせて自分の名前を鼻歌のように歌っていると、ひっそりとした焚き火に近づいた。目を細めてよく見る。地面は微妙に傾いているし、いまはいつも以上にまっすぐ立つのに努力が必要だ。

オレンジ色のまたたく光のなかに黒い塊がうずくまっている。見覚えがある。大柄だと脳裏でつぶやく。不均一な表面を火が照らす。毛深いと脳裏でまたつぶやく。すると黒い塊のてっぺんで数十個の小さな球が開いて火明かりを反射した。

「おう、だれかと思えば」マーが低く言った。

数十個の反射がまばたきして大きさを変えた。そしてサンディがマーの太い腕から駆け下りて火のそばにしゃがんだ。サーヤを見つめているが、なにか言っているとしてもいまは読み取れない。

むこう側の火明かりのなかに、ひょろりとした姿がはいってきた。火に歩みよってしゃがみ、細長い燃料を何本も突っこみはじめる。木の枝だと、頭のなかで遅れて言葉が浮かんだ。

ここに到着して以来、初めてネットワークの残滓が見えた。マーとサンディの頭に埋めこまれたそれぞれのヘルパー知性体。そしてロシュの胸の奥にある奇妙な塊。それぞれの糸は切断され、黒くなって漂っている。火明かりにも照らされない。

「やあ、娘のサーヤ。僕らのことなんか忘れたと思っていたよ」

ロシュは火から顔も上げずに言った。

サーヤは火明かりのなかでふらふらと立った。酒杯を手に焦点のあわない目で、それぞれ体半分を照らされた姿を順番に見る。湧いてくるさまざまな感情を分類するのは、たとえ酔っていなくても難しかっただろう。まず、すこし気分が悪い。思いあたる原因は今夜いくつもあるので当然だろう。次は……罪悪感。どんな罪を意識するのか。たしかにこの三人のことはすっかり忘れていた。たぶん……リプタイド号を下りてから一度も考えなかった。しかし、そもそもそれほど重要な仲間だろうか。おなじ船に数日乗りあわせただけだ。かつておなじネットワークに属していたとはいえ、それが重要なのか。それをいうならブラックスターのだれでもおなじだ。そしてネットワークが存在していたときの話だ。いまは存在しない。みんな解放された。罪悪感どころか、むしろ誇らしく感じていいはずだ。

サーヤは深呼吸して、姿勢をまっすぐにし、これらの思いをこめた適切な挨拶を考えた。

「あの……」よろめき、姿勢をもどし、しゃっくりした。「や……やあ、みんな」

「やあ、だってよ」

マーは火のほうをむいたまま言った。大きな影のどこかから酒の容器を持ち上げ、長い歯のあいだからごくごくと飲む。サーヤがひと晩かかっても飲みきれない量を、ひと口で流しこむ。

ロシュはわざとらしく言った。

「彼女を慰めるべきだと思うよ。見なよ、心配で心配でたまらなかったって顔をしてる！　踊って、肉を食べて、エタノールを摂取しているあいだも、心のなかは不安で千々に乱れていたはずだよ。〝みんなを最後に見たのは、ネットワーク停止の大混乱のなか、ゼロGで漂う姿だった！〟とね。もう安心していいよ、娘のサーヤ。ほらこのとおり、僕らはぴんぴんしている」

マーは腕を下ろし、空になった容器を火に放って、げっぷをした。

「ブラックスターではあのチビどもを五十人くらい殺した。ところがここで目を覚ましたら、なにごともなかったように、やつらは酒をついできやがった」

振り返って闇を見るマーの小さな目は、火明かりの影にはいった。

「なんのために俺をこんなところに連れてきたんだ。ブラックスターがましだったぜ」

サーヤはふらつきながら、マーの表現を訂正した。

「〝やつら〟じゃなくて、単数の〝彼〟なのよ」

もうすこし意味のあることを言いたかったが、思いつかない。

マーは返事のかわりにまたげっぷをして、べつの酒の容器を探りはじめた。

またロシュが言った。

「ああ、気にしなくていいよ。わかってる、よくわかってるからね。僕らはただの顔見知り。われらがリプタイド号にたまたま乗りあわせただけの客だ。きみの命を一、二度救ったといっても、そんなのは記憶のかなたで不思議ないさ。とはいえ、すこしは考えるよ。あのままきみを船室で失血死させておけば、銀河は無事だっただろうとね」

マーが火を見つめたまま言った。

「それをいうなら、そのまえにも殺そうと考えた。あのお人好しの与圧スーツに説得されなきゃあな」

ロシュの皮肉たっぷりの態度も硬化した。

「そう、そのイレブンはどうなったんだい？　きみは気にしないだろうけどね。しょせん低階層の知性体だ。僕ら三人より下。マーより低い」焚き火のむこうの毛皮の山からあがった不機嫌そうなうなり声を無視して、ロシュは立った。「そしてきみの新しい友だちは……それなりに高階層のようだ」

サーヤは感情の渦のなかに一抹の怒りをみつけ、それにしがみついた。これは明確で強固だ。押し広げ、全身をひたした。ロシュの慇懃な態度に負けないくらい慇懃に言う。

「謝罪するわ。イレブンは連れて帰るべきだったし、使用許可が必要だった」

「そうしてほしかったよ」

ロシュはレンズに火明かりを反射させて答えた。

サーヤは続けた。

「言っておくけど、本当にイレブンはわたしを救ってくれたわ。何度も。彼はたんなる法定外の与圧スーツではなかった。わたしの……友人だった」

最後の衝撃を思い出した。スーツの前面が火花と金属の悲鳴とともに裂けた光景。

「イレブンは犠牲になってくれたのよ……わたしを守るために」

小声で言った。そして斃れたスーツのために酒杯をかかげたいという奇妙な衝動を感じた。これもオブザーバー類から伝えられたものだろうか。

「わかってるよ。全部見てたから」

ロシュが小声で答えた。

サーヤは黒い液体がはいった酒杯を見下ろしてつぶやいた。

「でも、仇はとったわ」

「仇を……とったのかい」とロシュ。

サーヤは顔を上げた。急激な怒りが湧き、ふらつく足もとをこらえてロシュのレンズをにらんだ。

「そのとおりよ。ネットワークがイレブンを殺した。だからわたしはネットワークを殺した。すくなくとも、ここでは」暗い空を酒杯でしめすと、すこしこぼれて指にかかった。「見て。解放された八百星系よ」ようやく誇らしさが湧いてきた。「人類の成果。自分たちの種属のためにやった。そして――」喉の奥にたまった不愉快な感覚をこらえる。一杯飲むごとに強まる。「――ネットワークによって機会を奪われた全種属のために。みずからの運命や進むべき道を選べなかった――いまも選べない種属のために」息を吸い、オブザーバー類が語ったときの正義感たっぷりの言いまわしを思い出そうとした。「わたしたちには権利がある」説明しながらまた八百星系をしめす。からに近い酒杯からはなにもこぼれない。「種属にはみずから進む道を選ぶ権利がある。やりたいようにやれる。道を選べる。それを止める権利はネットワークにない。なぜなら――」

マーは恐ろしくすばやく動いた。サーヤのまばたきを待っていたのだろう。一瞬のできごとだった。さっきまで酔っ払って五メートルむこうの炎を不機嫌に見つめていたのに、次の瞬間にはサーヤの足を宙に浮かせていた。長さ十センチの鉤爪がサーヤの髪と汎用スーツの襟首をつかみ、持ち上げている。その歯の凶暴さに、鈍い頭であらためて気づいた。

ウィドウ類の外肢のように鋭い。長すぎて口を完全に閉じられないほどだ。吐息はくさい。肉と血と不快なもののにおいがする。捕食者の吐息だ。

「いまのおまえにどんな権利がある？」

マーは光る歯のあいだから訊いた。くさい吐息でサーヤは息が詰まった。茫然として、殴る蹴るの抵抗ができない。頭の上にある相手の腕にしがみついて、髪と襟に体重がかかるのを防ぐだけ。さっきまで正義感で燃えていたのに、いまは生存本能に支配されている。動かないほうがいいと本能が告げる。苦しい声で言った。

「マー、いったいどういう──」

「これが俺だ。さっきおまえが言った──」鋭い鉤爪で歯を叩いて考える。「──進むべき道ってやつだ」

その口は巨大だ。黒光りする歯のまわりで黒い唇が言葉をかたちづくる。マーは続けた。

「自分がなにをやったのかわかってないようだな。最初におまえを殺しておけば一兆人の命を救えた。いま殺せばどれだけ救えるかな」大きなかすれた吠え声のようなものをたてた。笑いかもしれないし、ちがうかもしれない。小さくつけ加える。「それが俺の運命ってことか」

サーヤは鉤爪で宙吊りになったまま、オブザーバー類が助けてくれると信じていた。マーはその五十人を簡単に殺せるようだが、オブザーバー類は何兆人もいる。マーの巨体におおいかぶさり、鉤爪一本上げられないほど疲労させられる。そしてサーヤは解放される……。

しかしオブザーバー類はあらわれなかった。考えれば当然だ。神に近いオブザーバー類とはいえ、止められないものはある。サーヤがマーの鉤爪と歯にかかって死ぬ未来は阻止できない。手遅れなのだ。マーはこの体を一瞬で両断できる。わずかなきっかけさえあればいい。食ってもいい。ここはオブザーバー類の脳のなかにいるようなものだが、神のような彼の精神でも止められないものはある。

「待て」ロシュが言った。

サーヤはほっと息をついた。ロシュ、ありがとう。ロシュ、どんなに感謝してもたりない。ロシュ、この怪物にやめろと言ってくれたら報酬は望みのままだし、娘のサーヤとしての公式の謝辞を――

「手」ロシュは言った。

空気バルブとシリンダーの動く音がして、マーの毛皮につかまった手がいきなり脱力した。弱く、冷たく、動かない。なにかが体を這い下りて、焚き火のむこうのロシュのほうへかさかさと地面を走っていった。

「おかえり」這い寄った手をロシュは膝に抱き上げた。「会いたかったよ。よしよし、もうあの気味悪い肌にはさわらなくていいからね」

サーヤはゴミ袋のように火明かりの外へ引きずられた。

「マー――」引っぱられるごとに首が絞まって酸素と血液不足になりながら、あえいだ。

「オブザーバー類――」

だれに訴えているのかわからなくなってきた。命乞いか。釈明か。自分への慰めか。なにもできない精神に救いを求めるのか。千組以上の目が見ているはずなのに、オブザーバー類はなにもしない。大きな捕食者が獲物を引きずって闇のなかをのし歩くのを放置している。

空き地の端に来た。茂った草が森に変わるところで、寒い。そして暗い。人類の戦艦ほどではないが、それに近い暗黒。背後のまばらな焚き火や頭上で光る数百個のいつわりの星では照らされない森。弱い光は一メートルもさしこまずに死に絶える。

サーヤはこの暗い森を見ながら理解した。この冷えた闇が自分の死に場所だ。

マーはサーヤをふたたび髪と襟首で持ち上げ、暗い森にむけた。低く訊く。

「なにが見える？」

サーヤは片手を汎用スーツの襟にかけ、反対の手を無意味に動かした。足は地面から五十センチ離れて宙を蹴る。苦しい息で言う。

「マー、お願い――」

「なにが見える!?」マーは声を荒らげた。

サーヤは体を引っぱり上げながら必死に答えた。

「な……なにも……」

「そうだ、そのとおり。なにも見えない。なにがどうなってるのか、なにもわからない」

くるりと反対にむけた。サーヤの足は遠心力で振りまわされる。

「今度はなにが見える」

「焚き火……人々……」

マーの聞きたい答えを必死に探した。ああ、なんて答えてほしいの？　踊り？　オブザーバー類？　ロシュとサンディ？　それとも肉？

「これが俺たちの銀河だ、人類」マーは言った。「宇宙にともるわずかな明かりだ。宇宙は広大で冷たく暗く、なにがどこにあるのかまったくわからない。考えると頭がおかしくなりそうな暗闇。なにもかも未知。だったらどうする？　協力するんだよ。百万の種属がそれぞれ火を背にして、鉤爪を闇にむける。武器は外むきで相撃ちを避ける。どの種属も正しく理解していた。例外はただ一種属、人類だ。いったいどういう倫理観をしてるんだ？　おまえたちははじめから火を持っていた。快適で安全な場所で成長した。食料も光も熱も充分あった。俺たちとおなじように。なのに、俺たちと接触して、こんにちはと声をかけられて、人類はどう考えたと思う？」

サーヤは引き寄せられた。視界から火が消え、マーの黒光りのする歯だけになった。熱い吐息がもつれた前髪に吹きつけられる。

「こう考えたのさ。あいつらの火を奪ってやろうって」

サーヤは襟で気道が絞まり、胃からこみあげるもので喉が詰まり、マーの歯のあいだから吹きつけられる臭気で息が詰まった。議論している時と場合ではない。生き延びることが先決。まず息をしなくてはならない。息をしたら落ち着いて作戦を練り、その次の息をする方法を考えなくてはいけない。

かすれ声で訴える。

「マー……死んじゃう……」

「ああ、そのつもりでやってるんだ」

マーは低く言って、サーヤをさらに引き寄せた。その熱い毛並みに体が押しつけられる。鋭い歯が開閉するのを感じる。

「それを思いとどまるべき理由があるか？」

人権があるとサーヤは叫びたかった。自分は生きている。命は神聖だ。そしてマーは友人だ——それはもう関係ないかもしれないが。理由はほかにもいくつも思い浮かぶ。しかしどれを言っても、この筋肉の塊のような怪物の殺人衝動を刺激しそうだ。なにを言ってもまちがった選択になり、自分の死にいたる。今度こそ永遠の死に。

地面に投げ飛ばされ、衝撃で歯が鳴った。両腕と両脚をまっすぐ伸ばされ、マーの四本の手で濡れた草の上に押さえつけられる。手首や足首のまわりの地面に鉤爪が刺さっているのがわかる。

「理由は、あった」

頭上でマーは言った。しゃべるたびに熱い唾液の飛沫が落ちてくる。

「でっかい理由があった。ネットワークだ。そこではすべての市民に権利があり、ネットワークはその権利の執行者だった。しかしいまはどうだ？」

不気味な湿った音がした。生物がたてる不愉快な音。巨大な口が開く音だ。湿った熱いものがサーヤの頰をなで、闇の奥へ引きこまれる。ぞっとして身震いした。なめられた頰に冷たい夜気を感じる。マーはささやいた。

「ネットワークはもうない」

サーヤは横にむいた。草となんだかわからない湿ったものに頰をこすりつける。目を閉じて待つしかない。死はこれまでも何度も直面した。それどころか実際に死んだ。しかし今回は……これまでとちがう。最悪だ。闇のなかでの惨死。湿った悲鳴と生物的な下品な音を残して……。

ふいに顔の上に冷たい風が流れた。捕食者の吐息が遠ざかり、炎と薪のにおいがもどってきた。あとは浮かれ騒ぐ多数のオブザーバー類の生理的欲求による悪臭。サーヤは腕を順番に動かし、目をあけ、ゆっくりと起き上がった。

五十メートルむこうに自分が抵抗しながら引きずられてきたもとの焚き火がある。毛の塊はその横にすわっている。

いままで倒れていたくぼみの隣に、サンディがすわっていた。

「ただ見てたの？」サーヤは尋ねた。

サンディはなにごとかまばたきすると、身をひるがえしてちょこまかと焚き火へもどった。

「あいつが止めたんだぜ。もうちょっと感謝するべきじゃねえか」

背後で声がした。しゃっくりもまじる。振り返ると、オブザーバー類の個体が一人、森とのさかいめの暗がりをふらふらと歩いていた。

「そういうあなたはどうなのよ」サーヤは動かない手を反対の手でマッサージしながら問

いただした。「殺されそうだったのよ。なにもしてくれなかったくせに」

「ちがう！」オブザーバー類はまたしゃっくりをして、酒杯をかかげた。「観察《オブザーブ》してたさ」

40

偽物の空の下、惑星サイズの巨大な立方体の上で、サーヤは怒っていた。

焚き火のそばにすわっている。冷えた未知の闇のなかに散在する光の島の一つだ。尻の下にはわずかに残ったまともな草がある。ここ以外では踏み荒らされて泥の地面と化している。空気には百万体の生物が排泄した老廃物の臭気が立ちこめている。それどころか、何時間も飲んで食って騒いだオブザーバー類は、自分の排泄物まみれになるのもいとわず地面で眠っている。

サーヤは歯を食いしばり、ろくに動かなくなった手のひさしぶりに露出した肌をなでた。残った腱で手を開くことはできるが、閉じるには補助を必要とする。そのための機械の手を無慈悲に取り上げたロシュは、焚き火の反対側にいる。自分を殺そうとした無慈悲な捕食者のマーも、反対側にいる。サンディは――まあいいだろう。とはいえ第三階層の考えていることはわからない。理解不能で長い無慈悲なゲームを策謀しているところかもしれない。

とにかくそんな彼らを、かつて友人と呼んだ。友人たちをほったらかしにしたのはたしかにまずかった。しかし全身を分解され、殺されそうになったのだ。友人関係に多少の変化が起きてもしかたないだろう。

「飲むか？」

オブザーバー類が酒の容器を手に走ってきた。長いゲームといえばこいつだ。

「いらない」

サーヤは小声で答えてそっぽをむいた。

「ブーツをみつけたみたいだな」

オブザーバー類は見えすいた世間話を試みた。サーヤは黙って動かない手のマッサージを続けた。殺されそうな場面を観察された記憶が強く残っていて、気さくに話す気になれない。

「よろこばせようと思ってやったんだ。友だちを登場させ、パーティを組ませ、協力して冒険して……」

サーヤはむっつりと黙りこんだままだ。こちらを見つめるオブザーバー類の視線が泳ぐのを感じる。

「まあいい」酒の容器から音をたてて飲む。

「次の余興で楽しくなるさ」

焚き火とサーヤに背をむけ、容器を地面において隣にすわった。サーヤはしばらくその小さな後頭部をにらんでいたが、怒っても無益だと認めざるをえなかった。焚き火のあいだの闇で正体もなく眠りこけるオブザーバー類を見まわす。眠っていない個体は、サーヤのそばの個体とおなじようにしている。おなじ方向をむいて地面にすわっている。共通した視線の先には……。

サーヤは目を細め、闇に目を凝らした。よく似た人影の列がいる。いびきをかいて累々と横たわるオブザーバー類と焚き火のあいだを、縫うように歩いてくる。三人ずつの列だ。中央の一人の腕を両側の二人がつかんでいる。二人はよろめきながらもしっかり顔を上げて歩く。あいだの三人目は両手を背後にまわしてうつむき、とぼとぼ歩く。二人はオブザーバー類に共通の無地のチュニック姿。三人目は粗末で短いながら、特徴のある手づくりの服。

二十メートルほどに近づくと、列の中央付近に見覚えのあるもじゃもじゃ頭と禿げ頭をみつけた。近くの火明かりに禿げ頭を光らせた右は、オブザーバー類の群れを見まわしている。もじゃもじゃ頭の左は前方の地面を見つめたままだ。

一人のオブザーバー類が叫んだ。

「注目しろ！　おーい、注目だ！」

酩酊したオブザーバー類はもはや自分の呼びかけにも即座に反応できない。静粛が波のように広がる。それが空き地の隅まで達しても比較的静かになっただけだ。燃える薪がはぜる音、えずく声、泣き声、音楽、喧嘩、ときどき小さな体が地面に倒れる音がたえまなく聞こえる。サーヤがマーに惨殺されそうになった森の奥からは悲鳴があがった。マーがべつの獲物をみつけたのかと息をのむ。

一人のオブザーバー類がふたたび叫んだ。

「いよいよだ！　俺が完全に酔いつぶれるまえに——」言葉をためて酒杯をかかげ、自分の集団からあがる荒々しい歓声を聞く。「——余興の時間だ！」

「余興だ！」

数人のオブザーバー類が叫び、暗い空へ酒杯をかかげた。と思うと、サーヤの近くの一人は叫ぶ途中で地面に四つんばいになり、嘔吐しはじめた。

べつの一人が叫んだ。

「まず最初に！　今夜の新入生の歓迎会だ！」

列をなしたオブザーバー未満の者たちは、まわりの百人から指さされて身震いした。両側の介添え役はいっせいに候補生をまっすぐ立たせた。

またべつのが叫んだ。

「その次は！　この祭の主賓にして主役、サーヤの歓迎会だ！」

多数の目が一度にこちらにむくのが暗闇でもわかった。身震いして汎用スーツをしっかりつかむ。

さらにべつのが叫んだ。

「四番目は――」

「三番目だよ、ばか」

右がつぶやくのが、静かなおかげでサーヤの耳にも届いた。

「――花火だ」叫んだオブザーバー類は暗い空に酒杯をかかげた。「こいつは本当に見逃せないぜ！」

空き地全体で小柄な体が口笛を吹き、拍手した。意味不明のことを叫んでいる。酒杯をかかげた勢いで一部がバランスを崩して転倒した。列のまわりでは何人かが震える候補生に手を伸ばしている。ふれられたほうは身をよじって逃げている。

「俺に乾杯！」一人のオブザーバー類が叫んで酒杯をかかげた。

「俺に乾杯！」全体から怒号のような声が響いた。

いきなり列の先頭で両側の介添え役が候補生の服をずらし、素肌にじかに手をあてた。

候補生は手から逃げようと抵抗する。金色の瞳に浮かぶ恐怖が暗闇でもはっきりとわかった。うしろの列ではさまざまな反応が起きている。介添え役は熱心に見守り、候補生は恐怖や放心の表情だ。列の中央付近にいる左はあいかわらずうつむき、右は近くのオブザーバー類に強い憎悪の視線をむけている。

「言いたいことがあります！」

抵抗する候補生が夜を引き裂くような声で言った。

介添え役の一人が親切そうにささやく。

「必要ねえってば。てめえの考えは数秒後に全部共有される」

「ぼ……ぼくは決めました！　こんなことをする権利はあなたたちにない！　ぼくは一人の人格です！」

オブザーバー類はやさしくその背中に手をおいた。

「そいつはちがう。まもなくてめえは俺の一部になる。さあ――」

「正しくない！　ぼくは感じる。夢もある。そして――」

「ようこそ――」オブザーバー類は千の笑みでさえぎった。「――俺へようこそ」

候補生は硬直した。心胆を寒からしめる声が空き地全体に広がった。悲鳴ではない。それ以上だ。長く悲痛な吐息。耐えがたい苦痛にさらされた生物が絞り出すたった一つの声。

その声が空き地に広がるのを追いかけるように、べつの声が聞こえた。オブザーバー類の千の口がうめき、二千の目が白目をむいた。手はこわばって震え、性的絶頂のように身をよじる。一部は倒れて痙攣している。意識を失って地面の汚物を手でつかみ、あけた口からよだれを垂らしている。オブザーバー類は巨大な自我の深みから吐息を漏らして快楽を堪能している。

「ああ……いい……いい……」

サーヤのそばのオブザーバー類は地面でうめき、泥にまみれて背中を弓なりにしている。

不気味な不協和音はやがておさまった。新入生となった個体は姿勢をまっすぐにし、両側の介添え役は手を放した。手づくりの服を脱ぎ捨て、チュニックを頭からかぶる。満面の笑みで全体にむけて酒杯をかかげた。

「俺に乾杯！」オブザーバー類は言った。

「俺に乾杯！」全体が吠える。

そうやってオブザーバー類はとりこんでいった。収穫した。列の先頭から順番にやる。包装をはがし、皮をむき、バー食品を食べるように、精神を食べていく。一人ずつおなじ言葉で歓迎する。賞味する反応は回を重ねるごとに強くなった。うめき声は不気味を通りこして耐えがたいほどに高まった。

サーヤは火明かりに照らされる右の禿げ頭を見ていた。両側のオブザーバー類が服をずらして、素肌に手をあてる。ところがその一人が驚いたように退がり、顔をぬぐった。右がにやりと笑い、その口の端から唾液がたれているのが見えた。運命から逃れられないとしても、人格を喪失するまえに侮蔑の態度をしめしたのだ。

しかしそんなことではなにも変わらない。たいした時間稼ぎにはならない。オブザーバー類が多数の口から言う。

「ようこそ！」つかまれても毅然と立つ小柄な姿に親切な笑みをむける。「俺へ――」

「やめて！」

サーヤは夜闇へむけて力のかぎり叫んだ。全身を震わせ、つまさきを丸め、拳を握る。ふらつく足でいつのまにか立っていることにあとで気づいた。しばらくそのままにらみつける。オブザーバー類は数千数万の目で見つめ返す。そんな相手のなかに分けいった。よたよたした個体を押しのけて進む。しらふでも腕力がないのに、酩酊状態では軽く押すだけで抗議の声をあげながら転倒する。サーヤはなるべく一直線に候補生の列へ進んだ。オブザーバー類になった新入生が笑顔で酒を飲む前半が終わり、震える候補生が並ぶ後半がはじまるところで足を止めた。

「やあ！」

ふらつきながら右を拘束している二人のオブザーバー類は、まるでサーヤが雑談しにきたように声をかけた。

サーヤは片方を選んで穏やかな声で言った。

「放して」

「なぜだ？」

オブザーバー類はまったく理解できないようすで訊いた。

その裏にある神のように巨大な精神を感じた。この酔った個体はよろめき、ろれつがまわらないが、ほかの無数の目もこちらを見ている。サーヤはウィドウ類か、人類か、ネットワークか、とにかく自分の全要素を集めてにらみ返した。

「わたしに借りがあるはずよ。わたしのおかげだと言ったわよね。わたしは――」相手の言いまわしを思い出す。「――この祭の主役にして主賓だと」

言って身震いする。

オブザーバー類はしばらくじっと見つめた。金色の視線が集中する。全方位から値踏みされているのを感じながらサーヤは立ちつづけた。

「いいぜ」

一人が笑顔で答えた。

右が列からよろめき出た。禿げ頭を片手でさすり、なにが起きたのかわからないようすでサーヤを見上げる。

「もう一人もよ」

サーヤは次の候補者を指さす。オブザーバー類はまた笑顔で答えた。

「いいぜ」

左が列から離れて相棒の隣へ来た。二人は寄り添いながら、それぞれ個人として立っている。サーヤがこの二人の独立を維持した。八百星系をネットワークの支配から切り離したように、二人をオブザーバー類から切り離した。解放した。これで自分の道を歩み、運命を選べる……。

マーのように。人類のように。

それ以上考えるのはやめた。自由になった二人が身を縮めるようすを見ないようにした。歯を食いしばってオブザーバー類の金色の視線を見返す。正しいことをしたのか、そもそも正義が存在するのかもわからない。しかし右がオブザーバー類の顔に唾をかけたのだから、娘のサーヤは敢然と金色の瞳を見返していいはずだ。そう考えていると……。

オブザーバー類がまばたきした。

サーヤがにらむ一個体を中心に、同心円の波のようにまばたきが闇の奥へ広がった。咳払いも大きな波となり、湿った音が周囲へ広がった。そして残りの候補生たちも全員がいっせいに解放された。しばらく腕をさすって不安げにまわりを見ていた彼らは、やがて音もなく暗がりに姿を消した。オブザーバー類は見むきもしない。視線はすべてサーヤに集まっている。

「なにかまずいのか？」オブザーバー類が訊く。

サーヤは話した個体を見つめた。目前の状況からかけ離れた軽い口調のせいで、答えをまとめるのにやや時間を要した。

「え……ええ、まずいわ」酒とアドレナリンの力で言い放つ。「だって……あなたはいま何人もの人を食った。さらにわたしの友人二人を食おうとした」

数人のオブザーバー類が指先で顎を叩いた。そして一人がようやく謎が解けたように言った。

「ああ、そういうことか」数人が笑顔になる。「ようは、定義の問題だな」

「定義？　彼らは人よ。そうでないなんて――」

「てめえはブラックスターでまわりの精神をとりこんだとき、そんなふうに感じたか？」

オブザーバー類の穏やかな笑顔は揺らがない。

サーヤは言葉に詰まった。闇のなかで赤面するのを感じる。酒のせいではない。

「そうね。でもあれは……べつよ」

「べつじゃねえ！　今夜とおなじ甘美な行為だった！」

残った新入生の列を愛情たっぷりの目で見る。彼らは笑顔で手を振る。

サーヤの不快感は怒りに変わった。

「ぜんぜんべつよ！　聞いたわ、あなたの声を。彼らを食うときの声を！」並んで笑顔でまばたきする新入生たちを手でしめした。「彼らは人だった。やめてくれと懇願していた。それでもあなたは食った。彼らが望んだからではなく、自分の望みから」

オブザーバー類は笑顔のまま言った。

「根本からまちがってる。こいつらの望みは関係ねえ。人格はないんだから。てめえは血球や脳細胞を使うときにそれぞれの希望を尋ねるか？　そんなことはしねえな。人格は俺だよ、娘のサーヤ。こいつらは俺の細胞だ。てめえだってもうすぐわかる。てめえは人格未満なんだよ」

サーヤは目を見開いて立ちつくした。

「人格未満？」

「人格は種属さ。その細胞じゃねえ。昔々、てめえらは人類という名の単細胞生物の集まりとして満足してた。けど、いまはどうだ？　てめえは階段を上がりつつある。人類であることをやめて、独立した人格になろうとしてる。能力を得ることで自分の価値が上がるのは驚くにあたらねえだろう。数日前までてめえはだれでもなかった。しかしいまはどうだ？　種属全体の行く末を決めようとしてる！　てめえと俺で。つまり両親てわけだ！」

サーヤの口はゆっくりと半開きになった。オブザーバー類が言ったことの意味を解釈できる言葉を求めて脳が苦悶する。

オブザーバー類は続けた。

「てめえは同胞を探した。それは細胞の行動として当然だ。ネットワークもそれを計算にいれてた。ところがネットワークが気づいてなかったことがある。成長したてめえの変化だ。てめえはいま人格になりかけてる。自分の能力を感じはじめてる」

オブザーバー類は次々と腕を振り上げた。暗い空をさして一人が言う。

「あれを見ろよ、娘のサーヤ。てめえが同胞にあたえた贈り物を！　八百もの星系をもらった種属は銀河にほかにない。ほかの種属はネットワークのせいで保護者がいないが、人類にはいる。それも二人！　俺といっしょに育てようじゃねえか、両世界の長所をあわせもつすばらしい子を！　オブザーバー類の注意深さと、娘のサーヤの炎と怒りを持つ子を！」

サーヤは金色の瞳から目を離し、八百個の星々が散らばる星空を見上げた。数百年から数千年の時間の壁で隔離された八百星系。ネットワーク社会にあいた風穴。一億立方光年の自由。その中央に鈍い灰色の点がある。

種。そして土だ。

オブザーバー類は陶然とした口調でささやいた。

「見ろよ、てめえの功績を。人類はあの暗い点から、ネットワークの精神にできたこの傷全体に広がるんだ。その帝国建設とともに、てめえの物語も伝えられる。焚き火ごしに語られ、電磁波で送信され、船から船へ、ステーションから前哨地へ、親から子へ、世代と光年単位の距離を超えて語り伝えられる伝説になる。人類を解放し、住む場所をつくり、敵の資産を奪って同胞にあたえた英雄としてな」

オブザーバー類は軽く笑った。子どものように楽しげな笑いだ。

「ただしそのとき、〝娘〟とは呼ばれない。そんなわけはない、サーヤ。てめえは自力で獲得した称号で呼ばれるんだ」

唱和する声が聞こえてきた。一つの言葉がリズミカルにくりかえされる。人類の目では見通せないほど暗い空き地の端ではじまり、しだいに大きくなる。楽器を打ち鳴らすオブザーバー類の音楽も聞こえてきた。

「なんて言ってるの？」

サーヤが小声で訊くと、オブザーバー類は笑顔で答えた。

「てめえの名前だよ。人類帝国の端から端までその名で知られることになる称号だ」

まわりのオブザーバー類から手が伸びているのに気づいた。たくさんの小さな手で汎用スーツごしに体をなでられている。手をつかまれ、下へ引っぱられた。それにしたがって地面に膝をつく。オブザーバー類の話に圧倒されて目はまだ空にむいている。

サーヤに耳うちできるようになったオブザーバー類がささやいた。

「これまで偽物の空をいくつも見せてきたが、今度は本物を見せてやる。俺のブラックスターからの本当の眺め。俺たちが人類のために成し遂げたものだ」

今度はサーヤが目をあけているうちに空が白く光った。まぶしくて顔をそむけ、目を細める。光は弱まらず、まぶたごしに目を焼きそうになる。まわりの人影は白い輪郭になり、脚は空き地全体に広がる黒い影の沼に沈んだように見える。小さな手を光にかざし、指のすきまから見ている。そのオブザーバー類の無数の目は空を見上げている。サーヤもしばらくしてそれにならった。

空の半分は暗い。全周の地平線をかこむ森のような黒。残り半分が白い。明るすぎて、ほとんど目を閉じても痛みを感じるほどだ。それでも目が慣れてくると、白一色ではないとわかるようになった。黒い図形が雑然とちらばっている。オブザーバー類がつくった惑星らしい。いま立っているのとおなじ大きさの黒い立方体が数千個散らばっている。これらがあわさってオブザーバー類の単一の精神をなしている。

しかしそれが精神なら、背景の輝きはなにか。頭脳にさす後光か。空の半分を埋めたこの変動する光はどこから発しているのか。

「あれはなに?」

サーヤの問いに、オブザーバー類はささやき声で答えた。

「頭上には三つのものが見えてる。まずブラックスター。その名のとおり真っ黒だ。そして数千個の立方体。俺の精神を構成してる。初めて一ヵ所に集まってる。そして最後のあれだ」

広場の唱和は止まらない。膝の下の地面から振動が伝わってくる。耳にも明瞭に聞こえる。オブザーバー類は小声で続けた。

「あれは……八百星系で起きてることの一端だ。俺のパートナーにして人格未満のサーヤ、あれはな、六兆隻の宇宙船が殲滅戦をしてる輝きだ」

たいしたことはないような口ぶりと、理解を超えた内容のせいで、すぐには頭が追いつかなかった。

「な……なんですって?」

べつのオブザーバー類が自身の目でも空を見上げながら説明した。

「てめえはまだつらく感じるだろうな。ただの細胞に仲間意識を持ってる。しかしもうすぐ階段を上がる。そうしたら俺とおなじように理解する。いま見えてるのは、いわばちょっとした鼻血だ。人格は変わらず生きる。死ぬのは一部の細胞。そしてあいもかわらぬ闘争を続ける。ネットワークの影響から解放されたあとの自然の摂理だ。じゃあ、いとし子の人類はどうなるかって?」

オブザーバー類のため息が空き地全体に波のように広がった。

「ついに機会を得るのさ」

サーヤの視線は上空に釘づけになった。時間がたつにつれて細部が見えてきた。色のある点や破裂があちこちにある。はげしい発光や大規模な光の輪もときどきあらわれる。するとオブザーバー類の集団は、ああとか、おおとか、長い感嘆の声を漏らす。

サーヤは、秩序を回復したい強い衝動を感じた。あわれな精神を再接続して破壊をやめさせたい。力いっぱい背伸びして、つかめるものを探した。しかしなにもない。ネットワークの編み目も、あたりまえに使ってきたウェブも存在しない。なにもできない。へなへなとすわりこんだ。闇の底にある自身の小さな精神にもどった。

オブザーバー類の一人が穏やかな笑顔で肩を叩いた。

「秩序ってのは不自然なんだ。維持するのにエネルギーがいる。それに対して、混乱は自然発生する」

ネットワークの言葉を思い出す。〝やつは殺し屋で嘘つきだ。銀河が炎と混乱に呑まれるのを眺めて愉悦するやつだ〟

オブザーバー類の唱和する称号がふいに聞きとれるようになった。

「破壊者！」

立方体惑星のある面に集まった十億の口がいっせいに叫ぶ。

「破壊者！」

数千の惑星にもそれぞれ数十億の個体がいて、それらが声をあわせると、千の地震のような震動を起こす。

「破壊者！」

その破壊者のサーヤは、炎の空に目を釘づけにされたまま身震いした。

41

目覚めなさいと、破壊者のサーヤは考えた。

サンディの目がいっせいに開いた。サーヤの肩ごしに混乱した空を見て、目を細め、複雑なパターンでまばたきした。しかしサーヤには読み取れない。身動きしないのは、その首を人類の手が押さえているからだ。片手しかきかないサーヤだが、それでもこれくらいはできる。

「これはなんて言ってるんだ？」右がささやき声で訊いた。

「彼女というべきだよ、たぶん」左が訂正した。

「そのとおりよ」サーヤは認めた。「どうなの、エース？」

光り輝く地獄の空の下にあっても、ネットワークユニットを失っていなかったのは幸運だった。もともとたいして役に立たないエースだが、話すことはできる。聞き慣れた声は意外とありがたいものだった。

そのエースはサーヤの耳のなかで言った。

「彼女が言っているのは……うーん、わからない。ネットワークが落ちるまえに、まばたき言語辞書をダウンロードしておかなかったのが失敗だよ。でもネットワークのない世界なんて想像もしなかったんだ。待って……うーん、たぶん……いや、わかんない」

期待していなかったとはいえ残念だ。サーヤはサンディに対して、声よりも口もとを見せるようにして話した。

「こんなことをしながら言うのもなんだけど……あなたには感謝してる。さっき命を救ってくれた。お父さんを制止してくれたわね」

また数秒後にはお父さんから殺される危険があるけどとは、あえて言わなかった。サンディはこちらの考えをお見通しのはずだ。

サンディはまたまばたきした。

「えーと、ちょっと待って」エースが言った。「彼女が言ったのはたぶん……いや待って。うーん……やっぱりぜんぜんわかんない」

サーヤはかまわず続けた。

「あなたをこれから解放する。焚き火のそばのお父さんのところへ駆けもどるでしょうね。彼は即座にわたしを殺すかもしれない。それでも……手伝ってほしいことがあるの。もう一度」深呼吸して、つかのま目をそらせる。「内容はあとで説明するわ。きっと。それまで……生き延びさせてほしいの」

サンディはまばたきした。

「やっぱりわからない」エースが言った。「ぼくは役立たずだ。ネットワーク接続がないとなにもできない」

サーヤはしばしためらってから、サンディを解放した。地面から膝を上げてしゃがみ、草の上の小さな姿を見つめる。これ以上なにを言っても無駄だ。釈明など無意味。いざとなったらサンディにもマーにもかなわない。一方は頭脳、一方は腕力。サンディを言いくるめるのは不可能だし、マーを阻止するのも不可能。許しを請うて、そのあと首がつながっているかどうかは相手しだいだ。

サンディは小さな足で立った。まばたきの波が毛玉のような頭を二周。そして焚き火の横でいびきをかく毛皮の山へ歩きはじめた。その恐怖感がよくわかる。暴力的で恐ろしい親に育てられたのはサーヤもおなじだ。

「次はなにが起きるんだ？」

小声で訊く右に、サーヤは口の端で小さく答えた。

「マーが起きてきて、おはようと言うか……あるいは全員殺されるか」

するとと左が、ささやきとはいえない声で言った。

「待ってよ。どうして全員殺されるんだい？　ぼくらはただ——」

「静かに」とサーヤ。

「でも……」

「静かに。でないとわたしがあなたを殺すわよ」

無意識のうちに脅し文句が出た。そんな自分にショックを受けた。自分のなかで深刻な変化が起きている。いつ起きたのかわからない。自分のせいで莫大な死者が出たことを知ったときか。オブザーバー類が自分の精神を構成する個体を軽視するさまを見せられたときからか。ウィドウ類の精神を、その記憶と殺戮幻想とともに脳の半分にとりこんだときからか。あるいはもっと根本的な次元だろうか。人類の行動を見て、自分の本質がついに浮上してきたのか。その本質とはウィドウ類なのか、人類なのか。娘か、破壊者か。

それともただ……サーヤなのか。

眠りこけているのはマーだけではない。糞尿にまみれたこの空き地でいま目覚めているのは、サーヤとオブザーバー類未満の二人だけらしい。数兆の精神が殲滅される光の下、燠だけになった多数の焚き火のまわりで、オブザーバー類も累々と横たわって酔夢のなかにある。

サンディは父に駆けよった。まずまわりを一周してやり方を考えている。そのようすにサーヤは共感した。本能に支配された殺し屋を目覚めさせるときは、まず自分が殺されない用心が必要だ。ふいにかすかな驚きの鳴き声を漏らして、サンディの姿が消えた。サーヤもはっとして目を鋭くした。大量に飲酒していてもマーの動きはすばやい。心配をつのらせながら見守るが、あとはなにも起きなかった。サンディは巨体のむこう側だ。生きていると思いたいが、まわりこんで確認するわけにいかない。順調なら、二人は無言で父と娘のまばたき会話をしているだろう。酔っ払った殺し屋の父にこの場での人類惨殺は適切でないと説得している――そう期待したい。悪い展開なら、サンディはすでに死んで、マーはそれに気づいてさえいないかもしれない。あるいはサンディは生きていて、目が覚めたら喉笛に人類の手をかけられていたと巨大な父に訴えているかもしれない。あとの二つなら、サーヤは暗い森へ一目散に逃げこんだほうがいい。

そこまで考えて苦笑した。そんなことをしても助かるわけがない。

だから逃げなかった。両手を握ったり閉じたりして待つ。閉じるときは動くほうの手で不自由な手を補助する。これが緊張しているときの新しい癖になりそうだ。もちろん、これから数秒間を生き延びられたらの話だ。

ロシュの手にいかに依存していたかを、取り上げられて初めて理解した。それでも次はロシュに話さなくてはいけない。それもやはり生き延びられたらの話だ。ロシュは冷たくて嫌みで、サーヤにも、おそらくだれにも無関心かもしれない。そうだとしても、いまはあらゆる助けが必要だ。

空の強い光の下で巨体が動き、サーヤはぎくりとした。マーは起き上がると、わずかに草が残った地面に鉤爪を深く突き立てながら、なめらかな動きで見まわした。その太い腕の内側からサンディがのぞいている。その父も黒光りする歯の上の輝く目でこちらを見た。マーがまぎれもない捕食者であることを意識せずに何日もそばにいた。そのことにいまさらながら驚いた。獲物を見る目で凝視されると、その凶暴さは歴然としているのに。

それでもサーヤはウィドウ類の子だ。自分で認めるかいなかにかかわらず、殺し屋なのだ。だから握れる手を固く握り、視線を受けとめた。頭のなかをさまざまな言葉が駆けめぐる。釈明、非難、緊張の緩和など。しかし深呼吸ののちに出てきた言葉は、これだけだった。

「ごめんなさい」

サーヤは小声で言った。

マーの凝視は揺らがない。目は燃える空の光を映している。

「あなたにも謝るわ、ロシュ」

すこし声を大きくして続けた。アンドロイドに背後にまわられたのは気づいていた。いつ気づいたにせよ、肩を叩かれたようにはっきりわかっていた。

「本当に……ごめんなさい」

ロシュはいつもの冷たいオゾンの雲をたなびかせて黒く細い脚でサーヤのそばを歩き、マーの隣にもどってしゃがんだ。相棒のほうは見ない。必要ない。マーの怒りの矛先はサーヤにむいている。数秒後に四肢を引き裂かれるかもしれないのはサーヤだ。

「これは聞きどころだね」

上空の混沌とした光をレンズに映しながら、ロシュは言った。

サーヤは三人の知性体の視線を順番に受けとめた。こちらの両側には左と右がいる。この二人にも聞かせたい。理解できなくても、相手を知る助けになる。

サーヤは話しはじめた。

「わたしは選択した。多くの選択をしたわ。そしてその多くは誤った選択だった。ネットワークを壊したことは……取り返しがつかない。でも今度こそ正しいことをしないと——わたしたちが正しいことをしないと——もっと悪いことになる」

視線をあわせたまま、頭上の燃える空を顔でしめした。

「八百星系でこんな大混乱が起きている。わたしのせいで。たとえこの混乱が終わり、これらの星系がネットワークなしで生きていく方法をみつけたとしても、彼らは長期にわたって孤立する。何世代も、何世紀も、もしかしたら千年も」

口をはさまれるのを予期してひと息いれたが、みんな口をつぐんでいる。そこで続けた。

「それどころか、オブザーバー類はそこである種属をあばれさせようと準備している。この宙域全体に帝国を築いたのちに、ネットワークと戦わせるつもりでいる。前回彼らは星系をまるごと破壊できる戦艦を擁し、ネットワーク禁制の科学技術を掌中にしていた。その彼らがふたたび橋頭堡を築いたら……」

そこでやめて、あとは想像にゆだねた。

「どの種属だ？」マーが低く訊いた。

サーヤはあえて目を伏せずに答えた。

「わたしの同胞よ」

詳しく語ることもできた。慈悲なき者が星系を侵略するさまを、見たままにマーに説明してもよかった。巨大ガス惑星がナノマシンで変貌するようす。全長数百キロメートルの氷塊船が惑星を次々に串刺しにするようす。不可視の次元から飛び出す相対論速度の飛翔体で実空間がゆがむようす。

「やっぱりおまえを殺すべきだな」マーは言った。

サーヤはごくりと唾を飲んだ。

「そうしてもいいわ。あなたにはその……自由がある」

その言葉に痛みを感じた。自由。この言葉で自分の行動を正当化してきた。あとさきを考えずに行動する自由。なにをしてもいい自由。

「正しいことかもしれない。正しいというのが……どんな意味にせよ。でもそんな正義では、暗黒の星系にとり残された知性体たちを救えない。事態はよくならない。だから考えたの。その……正義をなすかわりに、たとえば――」息を吸う。「――わたしの手伝いをしてくれないかと」

「ふーん、これはおもしろいね。予想以上だよ」ロシュが言った。

「なにを手伝えっていうんだ。逃亡か？」マーが訊く。

即座に答えた。

「いいえ。わたしは逃げない。あることをする。あそこで……起きていることに対して」

頭上を手でしめした。空を埋める光の嵐と、兆単位の死者と、これがすばらしい出発点だと考えている精神をしめす。

「それが唯一のチャンスなのよ」

マーの視線がサーヤから離れて、焚き火のむこうの空き地へむいた。いたるところにオブザーバー類がいる。折り重なって、みずからの糞便を枕にして寝ている。半身を焚き火に焼かれている者や、酔った遊びで肉串を何本も刺された者や、うつろな目を空にむけている者も多い。祭のはずが虐殺現場だ。

今度はロシュが金属のきしむ音をたてはじめた。小さくリズミカルに反復する。

「笑いだ。これはまちがいないよ」エースが耳のなかでささやいた。

ロシュは笑いながら話した。

「僕らは第二階層が数人と第三階層が一人だけだよ。そして数千個の小さな惑星を埋めつくす精神のあいだにいる。いまは酔って寝てるけどね。僕らがここにいるということは、彼はここから出すつもりはないだろう。その計画への脅威にはなりえない。いままでの旅の過程もすべて彼の想定どおりだったはずだ。どの時点から?」また笑う。「さあ、わからないね! きみにわかるわけがない。傲慢な——」間をおいて首を振る。「——人類に」

その金属のきしみが消えて静かになるまで待って、サーヤはゆっくりと話しはじめた。

「どうでもいいわ。あれはできない、これはできないと愚痴りあうのは、まあ普通よね。低階層者にとって銀河は広すぎるとか、高階層者の問題だとか。でも……かならずしもそうじゃないと思うの。だって、わたしは第二階層だけど、ネットワークを壊したわ。現実を永遠に変えた。数兆人を――」言葉を詰まらせて目をそらす。視界がゆがんだ。小声で続ける。「とにかく、銀河は機能したがるとわたしたちは教えられてきた。でも、もしそうでないとしたら……」

「崩壊するな」とマー。

サーヤは顔を上げてぎょっとした。いつのまにかマーの巨大な顔が額にふれんばかりのところにあったからだ。マーは計六本の手足を地面につけてじっとしている。しかし気配を消して忍び寄られた。捕食者の目と、そこに左右対称に映りこんだ地獄の空を見た。本来なら恐怖を感じるところだろう。しかしいま頭に浮かぶのは、母がいればこの怪物をおおいに気にいっただろうということだ。

「俺たちになにができるんだ？」

マーは言った。低い声がサーヤの胸を震わせ、熱い吐息で前髪をなびかせる。

〝俺たち〟とマーは言った。俺たちになにができるのかと。サーヤはその言葉に頼った。説得に成功した証拠かもしれない。マーを説得できたのなら、ほかの仲間も引きこめる。

今回の小さな考えが頭に宿ってから初めて笑みが浮かんだ。まだぎこちなく、ゆがんだ小さな笑みだ。この場のだれも笑顔だと気づかないだろう。それでもいい。途方もない、万に一つの望みもないアイデアだが、正しいことだ。だから笑った。燃えさかる空の下、泥酔した集合精神のあいだで、いぶかしげな五組の視線をそそがれながら、サーヤは笑った。そしてきっぱりと言い放った。

「みんなで人類を盗むのよ」

42

ありえない。ばかげている。それでも計画だ。その一点だけでサーヤの迷いは吹き払われた。とはいえ簡単にはいかない。

「こっちだ」左がささやく。

「ガイドさんがいてくれてよかったぜ」右は意味ありげに左を見た。右の禿げ頭は空の変動する光を反射している。「だろう？　右《ライト》」

「時と場所をわきまえろよ、右《ライト》」左は言いながら、二本の木にはさまれた暗がりを通った。

「言っちゃだめなのかよ。ただの駄洒落なのに」

「だめ」

森は完全な暗闇ではないが、明るくもない。厚い樹冠を通してさしこむ光が、植物や落ちた枝や風に払われた地面を照らし、そのあいだを忍び歩く六人の知性体をぼんやりと浮かび上がらせている。

サーヤは歯を食いしばり、下を見て歩いていた。それでもこの光をただの光と思いこむことはできなかった。光が強まれば、それは船の乗客がプラズマに変わったことを意味する。光が弱まれば、高温のガスが冷えて、かつて知性を形成していた粒子が真空を漂うあてどない旅に出たことを意味する。粒子は自由を謳歌しているだろうか。原子はそれまで自分が属していたものの価値を認識しているだろうか。

袖で顔を乱暴にぬぐった。ばかげた考えだ。愚か者の考えることだ。

「もうすこし急ごうよ」ロシュが言った。「ネットワーク圏外で死にたくないんだ」

「残念だな。俺たちといっしょにネットワークなしの生活に慣れるしかないぞ」とマー。

「六十回生きた経験を無駄にしたくないんだけど……」

サーヤはマーの大きな背中にぶつかった。一行のほかのメンバーも数歩と遅れずにマーが停止したことに気づき、それぞれ立ち止まった。ロシュは光のささない暗がりに身をひそめた。左と右は背中あわせに立ち、左は木のこずえに目を走らせている。しかし右はずいぶん愉快そうだ。樹冠のすきまを顔でしめして言う。

「こいつはでかい。でもかっこいいぞ」

「静かにしろ。聞こえるぞ」左が小声でたしなめた。

「びびるなって」

マーが一本の鉤爪を上げ、頭上からの光を反射させながら、声をひそめて言った。

「前方におかしなものがある。なんていうか……」

「宇宙の果てみたい?」サーヤもおなじく小声で応じた。

「というか、なんだろうな……」

あたらずとも遠からずだ。なにかの果てにはちがいない。一兆隻の宇宙船が燃える光もこれを照らせない。ネットワークの果てか、銀河の果てか。闇を払えるのがネットワークだけならそうかもしれない。サーヤの同胞はかつて独力でネットワークに風穴をあけた。今回はどうか。数百個の星系とありったけの禁制技術をあたえて、暗闇に千年間閉じこめ、陽気な異常人格の集合精神の手で愛情たっぷりに養育されたらどうか。どんな種属に育つだろう。

帝国だと、頭のなかのなにかが言った。

その考えを振り払い、サーヤはマーのまえに出た。できるだけ威厳をこめて呼びかける。

「船」

「ようこそ、人類。命令を入力してください」

宇宙の果ては轟く声で答えた。音量にぎょっとする。森が静かなのでよけいだ。しかたない。さっさと乗りこむしかない。

「乗船したい。友人たちといっしょに」

「人類のユーザー以下、五人のゲストを承認します」

真正面の闇に明るい四角があらわれた。そこから出てくる光が一行の背後の森に流れ、樹冠から漏れる光と影の混乱にまじる。サーヤは振り返って、金色に輝く瞳が隠れていないかとしばらく探した。

「大丈夫だ。意識のないボスはいないも同然だ」右が言った。

左は両方の光で明るく照らされた髪をかいた。

「それでも心配だよ」

「心配しすぎだ」

「どこが心配しすぎだよ。それなら――」

サーヤは割ってはいって議論を止めた。

「乗って。みんなよ」

船内の通路の床をブーツで踏むと、まず違和感を覚えた。これまでサーヤが足を踏みいれたことのある空間はすべてF型ネットワーク環境だった。多数の要件で規定され、五億年以上かけて収集、改定された基準にしたがって注意深く構成されている。できるだけ多様な種属が利用できるように設計された最大公約数の空間であり、妥協と洗練のたまものだ。どんな問題にも解決策が用意されている。においさえ共通だ。

しかしこの船を建造した人類は、そんな基準を一顧だにしていない。

「だれがここを設計したんだ？」

マーが窮屈そうに横むきに船内にはいりながら不満をこぼした。ロシュがそれに答える。

「きみの骨格構造が考慮されてないのはたしかだね」

サーヤはどちらにも答えず、投影されたホログラムごしに壁の表面を指先でなぞった。素材の感触が心地いい。あちこちのマーキングが……人類の言葉だ。人類がつくった壁。人類の体格にあわせた通路。人類が立つためにつくられた床。そこにいま人類が立っている。この船にとってはいったいいつ以来だろう。

「女神さま……」

つぶやいていると、ロシュが言った。

「これで出発するんだろう？　それとも〝ボス〟が目覚めるまで人類の建造物を愛でているつもりかい？」

さらに腿の裏側をだれかに押された。背後の低い位置から左が言う。

「この合成素材の友人の言うとおりだ。そうしよう」

「あせるな。これまでは幸運だっただけだぞ」右が言う。

サーヤは壁に背をむけた。

「船、ハッチ閉鎖。出発の準備をして」

マーの背後にある開口部が揺らめきながら消えて壁にもどった。すぐにやや荒れた不均等な振動が足の裏に伝わってきた。船の中心部でバランスの悪い大きなものが回転しはじめたようすだ。

「出発準備中です。出発時に生存したければ加速安全エリアへ移動してください」

「生存したければ……？」とロシュ。

「そのうち慣れるよ」右がつぶやく。

ネットワーク精神と、千年くらいオブザーバー類以外との会話がなかった自家製ＡＩとのちがいを説明してやりたいとサーヤは思ったが、あとまわしだ。いまはやるべきことがある。

「船、加速安全エリアにはどう行けばいい？」

「最寄りの管制室への経路を表示します」

船が答えてすぐ、床から数センチ浮いてオレンジ色に光るホログラフィの線が表示された。

サーヤはその方向へむいてから、肩ごしにちらりと振り返った。

「それから船、このあとはだれも乗せないで」

「命令を承認しました」

不充分な気がして、さらに言った。

「これは絶対よ。どんな理由があっても」

「各種の対策をとりました。無許可の侵入者は武力をもって排除します」

サーヤの背後でマーがひそひそ声で話した。

「こいつはいま船に殺せと命令したぞ。そして船はそれを承認したぞ」

相棒のロシュが答える。

「さっきは僕らを殺すかもしれないと警告したよ。言いかたの問題だとしてもね」

「いったいどういう種属なんだ」

それがサーヤの同胞だ。言い訳できない。

「ここはネットワークじゃないってことよ」

短くそう言って、オレンジの線にそって歩きだした。一行の先頭をきびきびと、事務的な態度で進んだ。よそ見をせず、正面に顔を固定する。でないと、また目頭が熱くなりかけていた。いま言ったことを頭のなかで反復し、いかに自分がそれを憎んでいたか実感した。

ここはネットワークじゃない。

この言葉が端緒となり、のちに数兆人の人口に膾炙《かいしゃ》する未来を想像した。いつかこの宙域が戦争と破壊で焼け野原になったとき、知性体はその行動を正当化するためにどんな言い訳をするのか。あらゆる行動を正当化できる言い訳とはなにか。

だって……ここはネットワークじゃないから。

背後でロシュが愚痴った。

「これの設計者の思考プロセスが理解できないなあ」

「人類だったらわかるさ」とマー。

「おれはわかるぞ」と右。

「静かに」

左はたしなめて、交差する通路の奥へ警戒の視線を投げた。

そんな緊張した移動を数分続けたのちに、オレンジ色の線の終端に到着した。ふたたび壁の一角がまたたいて消え、奥に部屋があらわれた。船のこれまでの区画とおなじく異質で、おなじく自然に感じられる室内だ。直径十メートルほどの円形の空間。照明は抑えられ、中央に集まった赤いホロディスプレイが輝いている。周囲の壁ぎわに設置されているのは……家具か、座席か。いったいどんな体型の生物を想定して……。

そうか。

サーヤは部屋を横断していちばん奥の席へ行き、ハッチのほうにむいて体をあずけた。背中と腿の下でなにかがかすかに動いた。するともう完璧だった。両腕を肘掛けに下ろすと理想的な高さにある。指先に投影されたホログラフィも、やはり人類の五本の指にあわせて五列に分かれている。思わず笑った。不規則な息を小さく鼻から漏らす。ネットワークの汎用多種属設計の座席ではない。まさしくサーヤのためにあつらえた椅子だ。

右と左も、名前どおりに分かれてサーヤの両側の椅子によじ登った。背中を背もたれにあてると、両脚はまっすぐ伸びてしまう。肘掛けはほとんど頭の上。またたくホログラフィに手は届かない。

「見ろ。おれは人類だぞ！」右が言う。

「とてもそうは見えないけど」左が答える。

「なんだよ、いつも駄洒落いってるくせに。右《ライト》にいるほうが正しい《ライト》んだぞ」

「ちがう」左は小さく腕組みをした。

右はため息をついた。

「おまえもボスに食われる寸前になってみろ。考えが変わるから」

ロシュは入り口脇に立ちつくしている。中央に集まったディスプレイの輝きをレンズに映しながら、ゆっくりと部屋全体を見まわした。

「認めがたいけど、ここの仕組みがぜんぜん理解できないよ」

「管制室だと船は言ってるぞ」背後のマーが言う。

ロシュはハッチのすぐそばの座席に体をおさめた。機械音とともにアンドロイドの体を変形させ、座席の形状にあわせた。

「聞いたけど、それってどういう意味だい？　まさか手動制御するわけじゃないよね」

マーは入り口から室内をのぞきこんでいる。座席、ホログラフィ、中央のディスプレイ群と順番に見て、最後にサーヤに目をむけた。

「そのとおりの意味じゃないか。人類のことはよく知らんが、支配欲旺盛な種属なのはまちがいない」

「僕らとはちがうね」ロシュはつぶやく。

マーは横むきになってはいってきた。

「ああ、ちがう。ネットワークではそもそもなにも制御できない。ばかなことをしでかさないようにできてる」

肘掛けをいくつか上に折り曲げて、二人分の座席にようやくマーの尻がのった。座席の脚と床の固定部を体重であぶなっかしくきしませて、室内を見まわす。

「こいつらは考え方がちがう。どうやら人類ってのは、ばかなことをする選択肢を残しておきたがるみたいだ」

「ネットワーク整備士ってのはそんなふうに哲学的なのかい？」

「優秀なやつはな」

サーヤはホログラフィを指先で操作しながら、マーの格言めいた言葉について考えた。

人類はばかなことをする選択肢を残しておきたがる……。

サーヤも小さな力を手にいれてすぐに、ばかなことをした。オブザーバー類の口車に乗って八百の星系をネットワークから切り離した。今度もまたばかなことをしようとしている……。それでも、すくなくとももましな理由からのばかな行為であるはずだ。この巨大で凶暴な人類の船を飛ばして、ある種属を巨大集合精神の手中から盗む……。

ここまでくれば誇らしいほどばかな行為ではないか。

「出発準備ができました」船が言った。

想定外の状況にもかかわらず、意外と落ち着いた気分だ。六人分の座席を占めた五人の仲間を見まわした。掛け心地が悪そうなのはしかたない。右と左はサーヤの両側で、手の届くところにいる。ロシュとマーはハッチの両側で、それぞれの体を座席にあわせようと四苦八苦している。サンディはマーの隣の席で奥に腰かけ、まばたきしている。そのまばたき言語を読み取れたらいいのにと思う。サンディはこの無茶な計画をどう思っているだろうか。宙域規模のネットワーク故障の責任を負うことになったら、サンディならどう感じるだろうか。

じつはそうかもしれない。なにもかもサンディの責任かもしれない。所有する船にサーヤを乗せて、オブザーバー類が待つブラックスターへ連れていった。それがすべての元凶だとしたら、自分がこんな無茶をする必要はないのでは……。

いいや、自分がやるべきだ。

サーヤは深呼吸した。なかなか言葉が出てこない。文章を頭で組み立て、唇と声帯へ送るだけなのに。ばかげていると頭の隅で思う。いくら泥酔していても、相手は千個の惑星に広がる巨大な集合精神だ。だませるわけがない。ロシュが言うとおり、オブザーバー類はなにもかもお見通しだ。人類全体の養育者である彼が、いま一兆個の精神をサーヤ一人に集中させている。その一兆個は近傍に集合している。つまり、いまの彼は過去最大で、最高の知性を持つ。ブラックスターでは対等な数で対峙したが、それでも二言三言でサーヤをたぶらかした。

しかし、だからどうだ。たとえ無駄でも試す責任がある。常套句の真実がある。

銀河は機能したがる。

ロシュが抑えた声で言った。

「さあ、出港だ。離陸だ。発進だ」

待ちきれないように座席で前後に体を揺らす。

「船……」

サーヤは五人の視線を痛いほど感じながら呼びかけた。うまく働いてと祈りながら。

「命令を入力してください」船は答えた。

そのとき、ハッチがまたたいて開いた。通路側の照明を背景に、チュニック姿の小柄な一人の影が浮かぶ。

「はいるぜ!」

オブザーバー類が笑顔で言った。

43

「登場しないのかと心配してたところよ」

サーヤは引きつった顔で言った。声が裏返らないようにするのが精いっぱい。筋肉一本一本を意思で制御しようとするが、それでも震える。

オブザーバー類は小さな手を胸にあてた。

「登場しない？　今夜の余興は俺が演出したんだぜ。そのグランドフィナーレを見逃すわけねえだろう」

対局する棋士の気分だ。だれとだれの戦いなのか、いまようやくはっきりした。

「このまま離陸してもいいのよ。この船に乗っているあなたを一人残らず殺せる」

「そうか？　まだ廊下にいる個体はやれるだろう。しかしここ以外の三十一ヵ所の管制室にいるやつらはどうだ？　乗組員の船室にも、格納庫にもいるぞ。そういう部屋があることすら知らねえだろう。船の大きさや、乗ってる俺の人数を把握してるのか？」

「いい指摘ね」サーヤは歯ぎしりした。

「まあいい。把握してるとしよう。そうやって離陸して、人類のハビタットへ行く。そして……盗むって言ったな。俺のいちばん大切なものを」オブザーバー類は複数の目でサーヤの五人の仲間を見た。「てめえらもそれがすばらしい計画だと思ってるのか？」

「それなりにいい計画だった」マーが低い声で答えた。

短い言葉だったが、聞いてサーヤは全身がじんわりと温かくなった。マーが支持を表明してくれた――過去形とはいえ。その事実に勇気づけられた。

「人類はわたしの同胞よ。あなたの大切なものじゃない。あなたは人類を大切にしてはいない。人類を利用して達成するその目的を大切にしてるだけ」

通路にオブザーバー類の集団が本格的に姿を見せた。中央のホロディスプレイで見ると、彼らはマーやロシュを無視してサーヤを注視している。マーは毛を逆立て、鉤爪をわざと見せている。しかしロシュはできるだけ小さくなっている。

オブザーバー類はいくつかの顔で微笑んだ。

「俺の望みはみんなの望みだ。宇宙をつくり変える」

「そんなことはだれも望んでない」

サーヤは痛いほど強く肘掛けを握りながら、意識はべつのところに集中していた。

「まあいい」オブザーバー類はサーヤの言葉を受け流すしぐさを何人かでやった。「いまがいちばんいいと思いがちなもんさ。しかしてめえはそれを望んでたはずだ。生まれたときから観察してきたんだ。思考もよくわかる。小さな力を手にいれたときに、真っ先に銀河のこの一角をつくり変えたじゃねえか」

「よくするつもりだったのよ」サーヤは小声で言った。

「ちがうな。自分に都合よく変えようとした。てめえは人類だ。人類はなんでも自由にできる場所を求める。強い者が法になれるところだ。てめえがここにつくったのは、当然ながらそういう場所だ」

オブザーバー類は上を指さした。管制室の天井のむこうに指さしているものはあきらかだ。このブラックスターから見て全天で燃えている炎のカーテン。そのむこうにある八百の解放された星系。八百の恒星がしたがえる惑星群と数百万のステーションと数兆の船と無数の知性体……。

「いいえ」サーヤは言った。

オブザーバー類は愉快そうに訊いた。

「なにが、いいえなんだ？　自分がつくったものが気にいらないから、いいえなのか。夢みたものが想像とちがったから、いいえなのか。娘よ、いいことを教えてやろう。夢にちょいとばかり死と混乱がまじったからって、その美はすこしも損なわれないんだぜ」

その点については、暗い森を歩いてくるあいだにずいぶん考えた。しかしこれは、ちょっとした死と混乱ではない。はるかに悪いことのはじまりだ。

この八百星系はこれから千年かけて徐々にネットワークの支配下に復帰するはずだ。ネットワークは自然治癒する。それを指向する。星系は亜光速の使者をネットワークに送る。ネットワークの回復を依頼して、新たなトンネルを開くための建設船団が送られるまでに何世紀もかかる。再接続はその世代のうちにまにあわず、五、六世紀後か十世紀後になる。それでも星系に住んでいるのは市民メンバーだ。星系サイズの卵から正しく孵化した種属であり、本質的に秩序と平和を求める……。

しかし例外が一種属いる。この宙域全体をネットワークから隔離しつづけることを求める種属。ブラックスターにアクセス可能な種属。兵器を生産し、疫病のようにネットワークに拡散させられる種属。それは……。

「船……」なんとか声を震わせずにサーヤは言った。

「ご命令をどうぞ」

オブザーバー類は興味深そうに見守っている。すべての頭をおなじ角度に傾けている。

「近傍にある円筒形の物体がわかる？　回転し、ハビタットらしく見える。超光速エンジンをそなえている」

オブザーバー類のあいまいな説明しか知らない。それを船が正しく解釈できることを期待するしかない。

「探しています……。その条件に合致する物体を一つ発見しました」

オブザーバー類がいくつかの目をぐるりとまわした。

「そっちも手を打ってあるに決まってるだろう。俺の一部を乗せてる。行ったってかまわないぜ。むしろ案内したいくらいだ。いまでもてめえをその社会に住ませたいと思ってるんだ。希望する地位にしてやる。伝説にだってなれる。配偶者も用意する。ほしけりゃ何人でも。家族、子孫、なんでもありだ。しかし、まるごと盗むだと？　俺のたくさんの目と鼻の先で？」見えるかぎりのオブザーバー類の口が苦笑した。「そりゃ無理だ」

サーヤはオブザーバー類と視線をあわせたまま言った。

「船、その物体に照準をあわせて。わたしが命令したら――」さすがに声が震えた。「――命令したら……破壊して」

オブザーバー類が次にしたことに、サーヤの胸は小さくどきりとした。これは二回目だ。

まばたきしたのだ。

船は問いあわせた。

「本船は複数の破壊手段をそなえています。どれを使用して——」

「判断はまかせる」オブザーバー類を見つめたまま答えた。「完全に破壊して」

「了解しました。準備ができたら確認をお願いします」

しばらく沈黙が流れた。オブザーバー類の一人が咳払いした。べつの一人はやさしく、ものわかりのいい表情をした。

「同胞をみつけて、そこに帰ることが、てめえの生涯の夢だったはずだ。その機会が目のまえに訪れてるのに、その同胞を……皆殺しにしようってのか」

考えるより言葉にされるほうがこたえる。考えるだけでも最悪なのに。

「そうよ」サーヤは小さく答えた。

オブザーバー類はまた笑った。今度は自信ある笑いだ。

「ああ、矮小なやつ。てめえは期待どおりだ。よくわかる、娘よ。文字どおり、この手でつくったからな」

ふらつくわが身の弱さを呪いながら、強く息を吸った。

「なら……本気だとわかるはずね」

「本気じゃないってことがわかる。俺はネットワークみたいな実体のない存在じゃない。てめえとおなじ血肉でできてる。衝動や動機をわが身で知ってる。机上のパズルじゃない。

俺にもそれがあるんだ！　てめえはあらゆる意味で俺の娘だよ。人類が森から出たのは俺がいたからだ。俺が農業を教え、戦争を教え、科学技術を教えた。てめえの両親――生物学的な両親を知ってる。その両親も、そのまた両親も、何千世代もさかのぼって知ってる。人類の思考をだれよりも知ってる。とりわけ、てめえの思考を知ってる。だから言えるんだ。てめえはこんなことを望んじゃいない」

「そうよ。望んではいないわ」サーヤは小声で言った。

オブザーバー類の全視線が集まる。

サーヤは震えていた。動くほうの手の不規則な揺れを、肘掛けのホログラフィが追尾しようと苦労しているのが視野の隅でわかる。限界だ。さっきまで限界に近いとは思わなかった。ここまで本能にしたがってきた。しかし土壇場で本能が消え失せた。

それでも感情は本能に支配されない。感情なら胸が張り裂けそうなほどある。

「八百星系と数兆人の死にくらべたら、わたしたちの命は軽いわ」複数形の主語にこだわった。この意味で〝わたしたち〟と言えるのはこれが最後かもしれない。「あなたのためにこの宙域をネットワークから隔離しつづけることはしない。わたしたちはあなたの……道具ではない。まして兵器ではない」

オブザーバー類はサーヤが本気だとわかりはじめたようだ。

「種属全体の運命をてめえが背負って決断できるのか？」

　これは痛い。

「そ……そうよ」声が震える。オブザーバー類の姿がゆがみ、色がにじむ。強く息を吸って続けた。「自分たちが犠牲になることで数百、数千の惑星世界が救われ、かぞえきれない知性体が救われるのなら……人類のだれもがおなじ選択をするはずよ」

「そう思うのなら、てめえは人類を知らないな」

　オブザーバー類は聞きとりづらいほど小声で言った。

　ロシュとマーとサンディは驚愕のようすでこちらを凝視している。右と左からは小さな汗ばんだ手が伸び、サーヤの手を握っている。それがありがたかった。サーヤの心はまだぐらついているが、この五人はやるべきことを理解している。破壊者のサーヤは運命にしたがって生きようとしている。それがどんなに過酷な運命でも。初代の破壊者は自身の共同体を破壊した。しかし次代の破壊者はどうか。種属まるごとだ。あとひと言命じれば、破壊者のサーヤは伝説を超える。

　両手を肘掛けから動かさず、まばたきで視界を晴らそうとした。頬を流れ下る熱いものを感じる。

「船！」

しゃがれた声で呼んだ。まもなくこの声が宇宙で最後の人類の声になる。

「命令を入力してください」

今度はすこしもためらわず、脳から口へ命令が伝わった。

（撃て）

しかし声は出なかった。唇が動かない。

金色の瞳を持つ顔がいっせいににやりと笑った。一人も口を動かさずにオブザーバー類は言った。

（ちっとも痛くない。悲鳴も、身もだえもない。軽く手をあててなでる。それだけだ。あとは眺めてればいい）笑みが大きくなる。（どういうことかわかるか？）

動けないまま、恐怖が精神の奥底から湧き上がる。

隣の右が、握った手に力をこめた。

「つまり、俺の手にさわらせたのが大失敗ってことさ」

右の口からオブザーバー類が言った。

44

サーヤは悲鳴をあげつづけた。

精神は押しつぶされた。一兆個の精神の重みに圧迫され、圧縮された。逃げたが、オブザーバー類は敏捷だった。走ったが、一兆倍の速さと強さで指示を出すオブザーバー類になんなく囲いこまれた。精神はとらえられ、縮められ、定位置に押しこまれた。一兆個の細胞の一つになった。機械の部品。入力を受けて結果を返すだけ。こちらの思考はほかの精神に伝わり、彼らの思考もいやおうなく流れてくる。感情がわかる。怒りもいらだちも絶望も、失ったものへの悲しみもわかる。それらすべてをおおうように想像を絶する巨大な知性が乗っている。圧倒的という表現ではおさまらない。くらべるなら恒星と雪片。ブラックホールと塵だ。比較にならない。強いとか弱いとかではない。

（ようこそ。俺へようこそ）

一兆の声が頭のなかで聞こえた。

（わたしはサーヤ）必死に考えた。（わたしは娘のサーヤ。わたしは破壊者のサーヤ。わたしは……）

一兆の声に笑われた。

（かわいらしいやつだな。でもいまは新しい名前があるだろう）

絶対的で不快な恐怖とともに新しい名前がわかった。そうなる理由もわかった。もう自由はないのだ。見るだけでなにもできない。選べない。命じることもできない。

彼女はオブザーバー類であり、それ以外の何者でもない。

自分のなかで悲鳴をあげ、微微たる力で抵抗した。どこかよそにある体が小さく痙攣しているのがわかる。しかし自分という実感がない。自分の体などない。オブザーバー類の所有物だ。そこにおさまっていた自我——かつて〝わたし〟と呼んでいたものは、溶けて消えた。水に浮かんだ氷が溶けるようにオブザーバー類の精神に溶けこんだ。

組織的かつ徹底的に陵辱されている。そしてすでに相手の一部であるために、相手の快楽がわかる。略奪され、なぶりものにされている。

（村、木々にかこまれた空の下——）

（子ども、草原でよちよち歩き——）

（石、川ぞいの水たまり——）

オブザーバー類はため息をついた。（ああ、いいね）一兆の声が言う。

（サーヤ、火にあたる両親のそばにいる）

（サーヤ、光る虫を草原で追う）

（サーヤ、ウィドウ類のシェンヤに惨殺される両親を見ている）

オブザーバー類はうめき、一兆の声で感嘆する。（うーん、美味だ）

記憶は加速した。彼女の精神には速すぎて見えないほどだが、オブザーバー類には余裕だ。快楽の不協和音とともに取りこんでいく。精神を噛み砕かれ、咀嚼される一方で、味わう相手の反応を逐一感じる。ネットワークから何光年も離れた場所での幼児期を鑑賞された。水採掘ステーションでの成長期を楽しまれた。現在に近づくと記憶の流れは遅くなった。リプタイド号、イレブン、エース、ロシュ、マー、サンディ……。母の記憶への短いまわり道。オブザーバー類はこれも熱心に摂取して……急停止した。

一つのイメージを見つめたまま巨大な精神は動かなくなる。

無限に広がる海。死んだ空。手のなかのきらめく石。

彼女はすでにオブザーバー類の精神の一部だ。だから驚愕の衝撃波が駆け抜けたのもわかった。巨大な自我を構成する末端の立方体惑星まで理解がいきわたるのに、永遠のように長い一秒がかかった。

（ありえない）一兆の声が言う。

彼女は抵抗した。しかしあまりに微力でオブザーバー類は気づきもしない。この特定の記憶を隠そうと全力をふりしぼったが、無駄なあがきだった。

オブザーバー類はそのイメージを凝視してつぶやく。

（これまでずっと、こうしてあいつは俺を負かしてきたのか）

サーヤの首が意思に反して旋回しはじめた。目も勝手に動く。ホログラフィの霞《かすみ》と滂沱《ぼうだ》たる涙ごしに、自分の体が意思や意図にかかわらず動くのを、ショックとともに見る。座席から身を乗り出して言う自分の声を、強い恐怖とともに聞く。

「おい、船！」

「命令を入力してください」船が答える。

「武器の発射準備をぜんぶ解除しろ」楽しげな声で言って、さらににやりとする。「そして超光速エンジンを準備しろ」

「全兵装の発射準備を解除します。超光速エンジンを始動。再突入する時空間座標を入力してください」

自分以外の多くの耳で船の返事を聞いた。オブザーバー類の目で自分の姿を見た。髪が肩からふわりと浮き上がる。ホログラフィの光を浴びて髪を宙になびかせた姿は、まるで女神だ。しかしオブザーバー類の多くの感覚器から、その目はもう自分のものではないとわかる。オブザーバー類の目だ。自分の口が動くのを外の視点から見る。

「再突入はしない。もどってくるつもりはねえ」

口はそう言って、にやりとした。

頭のなかで一兆の声が言った。

(こんなことになるとはな。最初に小さな騒ぎを起こしたら、最後は時空を超えるはめになった。娘よ、俺はてめえのすべてだ。てめえにできたことは俺もできる。ネットワークは五億年で初めて失敗を犯した。自分の領分に敵をいれた。俺はネットワークになるぜ。ネットワークに成り代わって十億の星系を支配する。ネットワークは秩序を指向するが、俺はちがう)オブザーバー類は一兆の口で笑った。(オブザーバー類はまるっきり正反対を指向する)

船外にいるオブザーバー類が一兆組の目を燃える空にむけた。そこでは一秒ごとに数百万の命が消滅している。オブザーバー類の情報源の一部がサーヤにも開放された。空の破壊のようすをオブザーバー類の知覚で見た。人類のハビタットをほんの百メートルから見た。説明どおりに灰色の円筒が真空中で回転している。そこに手を伸ばしたかった。そこにいる人類の同胞に言いたかった。帰ろうと努力したけど、自分自身が人類ではなくなってしまったのよ。これから起きることは自分のせいじゃない……。

「大丈夫か？」

マーに訊かれた。マーは彼女のもとの体のまえにしゃがんで、もとの目をのぞきこんでいる。彼女はもうその目から見ておらず、まわりにわらわらと集まった陽気なオブザーバー類の目から見ている。叫びたかった。それが〝助けて〟なのか、〝殺して〟なのかわからない。しかし口が動かなかった。

「もちろん大丈夫さ。絶好調だ」

オブザーバー類が彼女の声で言って、口を笑みのかたちにゆがませた。

みんなに手を伸ばしたかった。大きなマー。なにが起きたのか百万年たっても理解できないだろう。ロシュ。その長い転生史を遺憾ながら終わらせてしまう。サンディ。人類に出会ったのが運のつきだった。そんなもろもろの感情を、怒りと絶望の叫びとともに叩きつけようとしても、わずかな身震いにしかならない。かつてなく怒りが高まった。火山だ。高温の怒りが煮えたぎる溶鉱炉だ。

それでも無駄だった。

体をくりかえし震わせ、怒りを力に変えてもだめ。どんな考えもオブザーバー類に読まれ、先まわりされる。相手が一兆倍速い。こちらは不器用でまどろっこしい低階層。むこうはまぎれもない高階層の集合精神。そこで燃える炎のような快楽や愉悦は感じられる。

かつてネットワークはオブザーバー類を止めようとしたが、かえって強くしてしまった。

オブザーバー類は銀河を分断して混乱に叩きこむ方法を、その無数の計略や策謀のなかからみつけだした。

「船」

自分の声が聞こえた。ロの支配をめぐって争うと発声がすこし間延びする。しかしオブザーバー類はせせら笑い、サーヤのロで勝手に言った。

「発進」

すると精神が爆発した。

45

足首まで水につかって立っている。水平線はありえないほど遠い。偽物の光で照らされている。とても奇妙なのに、なぜか、帰ってきた気がした。

「ここは……外なのか？」

オブザーバー類が隣でつぶやいた。一個体だけが立ってサーヤと手をつないでいる。なにもない水平線をゆっくりと見まわしている。

サーヤはそのようすを見た。怒りは消えていないが、精神のとても狭いところにおさまっている。どこか下のほう。現実と交差していた一断面のなかだ。オブザーバー類が水を蹴ると、その波紋は無限のかなたまで続くはずの水面に広がる。それを見て心臓が、あるいはそれに相当するところが痛んだ。

オブザーバー類は手を放し、水を跳ねながら離れた。

「これは象徴なのか？　メタファーか？　抽象か？　空はなにをあらわしてるんだ。水平線は？　なんてこった、俺は可能性の上に立ってるのか？」

水を蹴って虹色のしぶきを上げ、ついで膝をついてしゃがむ。

「これは水だよな。この水面が宇宙で、水滴が可能性なのか。それとも可能性は下にあるのか。下はなんだ？　べつの宇宙か？」

腕をいれて底を探る。

「どうして水面に立てるのに、底に手が届かないんだ？　なにか意味があるのか？」

水遊びをする子どものようなオブザーバー類を見ながら、サーヤは自分でも予想外の気持ちになった。悲しみ。さらに……哀れみもまじっている。オブザーバー類はオブザーバー類。サーヤはサーヤ。だれとも変わらない。

はっと息をのむのが聞こえた。オブザーバー類がゆっくりと立ち上がる。チュニックはずぶ濡れでやせっぽちの体に張りついている。

「ああ」その目はサーヤの手のなかのものに釘づけになっている。「なんて美しいんだ」

「なに、この宇宙のこと？」

サーヤは持ち上げた。さしこむ光を無数の色に分解して輝く。

「意外と……小さいんだな」とオブザーバー類。

サーヤは手の上でひっくり返し、内部できらめく光を見た。

「どういうわけかむしょうに遠くへ投げたくなる手頃な大きさなのよね」空中に投げ上げ、反対の手で受けとめる。「そう思わない?」

オブザーバー類は欲望に燃える目でその動きを追っている。

「宇宙を投げられるのか」まるですごい力に出くわしたようにつぶやく。「宇宙を……投げられるのか……」

サーヤは悲しげに笑った。

「宇宙をどんなふうにもできるわよ」

「お……俺にも持たせてくれるか?」

オブザーバー類は金色の瞳を輝かせ、両手をさしだした。

それを無視して、サーヤは宇宙を両手のあいだで放りつづける。

「不思議だけど、ここへ来ると感覚が変わるのよね。このなかにいるときは、自分の精神が窮屈。このなかっていうのは、この宇宙のことね。あなたでさえ窮屈なはずよ」

手の上で宇宙をひっくり返し、光の散乱を見る。

「だから、あなたはわが身に迫る危険に気づかない」

オブザーバー類は宇宙へ伸ばした両手を引っこめた。

「身に迫る……危険?」

「あなたは一度それに遭遇した。そのとき阻止して、もう終わったと思っている。思い出して。訪問者回廊でのことよ。あなたはあそこに自分を集めた。当時ネットワークの穴で安全とみなせたから。じつはネットワークは去っていなかった——一部を残していたと気づいたときには、手遅れだった」

サーヤはため息をついた。

「というか、手遅れになるはずだった。ところがわたしがあなたを信用してしまった。ネットワークではなく」

オブザーバー類はチュニックから水滴をたらした哀れな姿で、見まわした。

「しかし……それはつまり……」

「おなじ場所なのよ。あそこより大きいだけ。おなじネットワーク停止の闇のなか。ただし、あのときの数立方キロメートルではなく、一億立方光年の広さがある。あなたはこの五億年で初めて、集まっても安全だと判断した。ネットワークにとってはあなたを破壊する再度のチャンス。そして今度は……あなたは一人」

オブザーバー類はサーヤを凝視している。

「ネットワークはここにいない。そしててめえは……おれの一部だ」

記憶から怒りが燃え上がりそうになるが、いまはまだ精神の奥底に押しとどめた。

「このなかでは――」手のなかの宇宙を見せる。「――わたしはあなたの一兆個の細胞の一つ。でもそれはわたしの一断面にすぎないのよ。わたしという球にふくまれる円。この宇宙との交差面にすぎない。実際のわたしがはるかに大きいことに、あなたは気づかなかった。あなたには見えない方向にわたしは延長されている。ネットワークによってね。残りのわたしはここにいる。その方向は、わたしの精神を取りこむまであなたには理解できなかった。これがたぶんネットワークの計略の肝心な点」

オブザーバー類はサーヤを見つめる。

「しかし……てめえはネットワークを嫌ってるはずじゃねえのか」

「嫌いよ」答えて、ため息をつく。「それが代表する権威性が嫌い。それを、あるいはその決定を理解できないことが嫌い。そして自分より頭がいいことが嫌い。最後がいちばんの理由ね。頭がよすぎる。だから、どこがまちがっているのかわからない」

「そうさ！　そのとおりだ！　てめえは人類で、俺の娘だ。だからネットワークの本当の姿がわかる。権威。支配。そしてそれらを行使するのは、だれであってもまちがいなんだ」

サーヤはゆっくりと息をついた。

「オブザーバー類、わたしたちは混雑した銀河に住んでるのよ」宇宙をかかげて、非実在の光が多数のスペクトルに分光されるのを見た。「だれもが一人きりでいられるほど広くはない。望んでも無理。だれかとだれかが出会えば、そこには力関係ができる。一秒に一兆回、一兆カ所でそういうことが起きている。この銀河のなかだけでもね。もっと大きなスケールで、この銀河が宇宙のほかの銀河と出会うときにも、おなじことが起きる。頭のいいあなたならわかるはずよ。権威を破棄するのはとても無理。せいぜい細分化するか、保持したままネットワーク以外の手にゆだねるか。でも、認めたくないけど、それはほぼまちがいなく……悪い手にゆだねることになる」

ため息をつき、手すさびにまた宇宙を両手のあいだで投げはじめた。

「わたしはネットワークをたぶん理解できない。でも、オブザーバー類、あなたを理解することはできる」

オブザーバー類はぎこちない笑みになった。

「それは、俺たちは味方ってことだ。そうだろう?」

とうとう流れた。サーヤの片方の目からひと滴の涙がこぼれた。どこでどう流れているのかわからないが、いまの自分の頬としてある部分に涙がつたったことはわかる。震える声で言う。

「こんなことはしたくないのよ」

「したくないって……なにをだ？」

オブザーバー類は慈愛に満ちた声で答える。

サーヤは小声で言った。

「まえに……訊いたわね。殺す覚悟はあるかと」

「ああ、同胞を守るために殺せるかって問いだな」オブザーバー類はやや早口に答えた。

「てめえは、できると答えた。たいしたもんだ。それで――」

「質問がちがうわ」

オブザーバー類は言葉に詰まった。

「なんだって？」

サーヤは手のなかの宇宙から視線を上げずに言った。

「あなたはこう質問したのよ。人々を守るために殺せるかと」

オブザーバー類は見つめたままだ。

「どうちがうんだ？」

「人々よ」きらめく表面をのぞきながらくりかえす。「その場合は、わたしの同胞とはかぎらない。そもそもわたしはほかの人類に会ったことがない。でも、ウィドウ類のシェンヤはわたしにとって人々でしょう。イレブンも。マーとサンディも。ロシュだってわたしの人々よ。それどころかエースも。当然」

オブザーバー類はまだ目をみはっている。

「つまりその……五、六人の知性体のために殺すってことか」

サーヤはようやく顔を上げた。

「オブザーバー類、わたしの人々はネットワークそのものよ」

「わからねえな」

いや、わかっているはずだ。オブザーバー類の目を見ればわかる。そのことに胸が痛む。

一度だけずきりとした。泣きたい気持ちを押しとどめる。

「人々を守るためとはいえ……」言葉に詰まりながら続ける。「……殺したくはないわ」

オブザーバー類は父親のようなやさしい笑みになった。

「じゃあ、やめろよ」

「でも、わたしは自分探しや自己防衛のためにつくられたわけじゃない。目的はほかでもない、人々をみつけるためよ。そしてどんな手段を使っても守るため。いまわたしは、目的の前半をやり遂げた。人々を発見した」

顔を上げ、オブザーバー類の金色の瞳を見た。目にたまった涙を通して回折し、色がにじむ。

「次は……守らなくてはいけない」

「娘よ」オブザーバー類の目には恐怖があった。うしろに倒れこみ、水を跳ねてあとずさる。「俺は親だぞ。てめえの種属を育てた。てめえの養父だ」

「わたしには三人の母がいると言ったわよね。清廉潔白ではない三人だけど、そのなかにあなたはふくまれない。あなたは五億年前からこの銀河を分断しようとしてきた。いまあなたを逃がしたら、五億年後までおなじことをやるはず。いいえ、もっと悪い。永遠にやる。ここで学習したから。だから、止める機会はいましかない」

手のなかの宇宙を感じた。温かく滑らか。この宝石のなかに人々がいる。過去と現在と、もしかしたら未来の人々も。いまここに来られたのは生物学的な両親のおかげであり、ウィドウ類のシェンヤのおかげであり、イレブン、マー、ロシュ、エース、サンディ、右と左のおかげであり、オブザーバー類のおかげでさえある。出会ったらあらゆる人々の行動がこの石に結晶し、この瞬間に結実している。自分とオブザーバー類の運命の糸が、この非実在の時と場所でからみあっている。そしてこの瞬間をのがせば二度とからまない。

なのにまだ次の行動を選ぶことができる。

オブザーバー類はそれを知っている。水のなかにへたりこみ、両膝を二つの島のように水面から出した姿。その瞳は半分が恐怖、もう半分がウォータータワーで見たような金色の自信をただよわせている。

「娘のサーヤ、やらなくていいぞ」

サーヤは滑らかな光る物体を頭上高くかかげた。光を無数の色に分ける宝石。サーヤの人々を封じこめた石。哀れなオブザーバー類の姿を、熱い涙ごしに見下ろす。

「それはわたしの名前じゃないわ」

ささやいて、宇宙の全重量で相手を叩きつぶした。

46

太陽が輝いている。

もちろん本物の太陽ではない。それどころかまわりの真っ青な空も本物ではない。それでも太陽とおなじように熱と光を供給し、サーヤの限定的な感覚でちがいはわからない。ならば太陽ということにしていいのではないか。

すわっている尻の下の草のほうが太陽より本物に近いはずだ。とはいえまったく自然の草というわけでもない。なにしろ巨大な立方体の表面にはえているのだ。

空き地をかこむ木々は本物だろう。むかいにすわっているアンドロイドも本物。しかし最近の出来事の教訓として、健全な感覚は一定の懐疑心をともなうべきだ。

「いつになったらマーとサンディは帰ってくるんだろうね」

ロシュは言った。一メートルむこうに背すじを伸ばしてすわっている。細部がよく見えないほど偽物の日差しを反射している。森を見ながら続ける。

「きみの話を疑うつもりはすこしもないんだ。でも、人数が増えたほうが会話に幅が出るからね」

　サーヤは嫌みを無視した。こんな一日のあとではたいていのことを受け流せる。

「ちょっとまえにマーの吠え声が聞こえたわ。獲物のにおいをかぎつけたか、しとめたか……。だからもうすぐじゃない？」

「またしても血だらけになってるか。あるいはオブザーバーだらけか。それとも両方か」

「〝血を見たくないなら狩りをせず家にいろ〟」

　格言を引用してやった。格言は無尽蔵に出てくるようになった。母を頭の半分に取りこんだおかげだ。

　さっと顔を上げると、数十メートル離れた木陰にひと組の金色の瞳が隠れた。

「彼らはあれで……しあわせなんだと思う？」

「さあね」

　ロシュはサーヤの背後のなにかをレンズで追っている。

　サーヤは木陰の瞳を見ながら言った。

「わからないのよ。みんなわたしを怖がるようになっちゃったから」

「きみが僕に吹きこもうとした与太話に一片でも真実がふくまれているなら、彼らの反応はしかたないと思うね」

「たぶん混乱してるのよ。さっきまで巨大な知性体に圧迫され、あらゆる動作を支配されていたのに、突然――」

最後まで言わずに口をつぐんだ。かわりにロシュが続けた。

「――自由になったらね」

「自由……」サーヤは草の葉を見ながらくりかえした。

ロシュはサーヤの背後に視線を固定したまま言った。

「見ちゃだめだよ。どうやらきみに興味津々なのがいる。無毛と、髪が多いのと二人」

振り返りたい衝動を抑えるのは大変だった。

「かわいそうに。右はわたしに嫌われたと思ってるはず」

「嫌ってるだろう？　その血わき肉躍る大冒険のあとに寛大に許す心が残ってるとしたら驚きだ」

サーヤはため息をついた。

「ロシュ、わたしはオブザーバー類さえ憎んでいないのよ。大きいオブザーバー類ね。まあ、一時は憎む気持ちもあったわ。でもこの手で――」そこで言葉を詰まらせた。草の葉をなでて、そのざらついた感触を親指とひとさし指でたしかめる。「むしろ哀れに思ってるわ」

「〝結局わたしたちはみんな草の葉にすぎない〟なんてポエムで締めくくるのはやめてよ。そんなのを聞いたら今回の命をさっさと終わらせたくなる」

サーヤは軽く笑った。

「ところで、また手を貸してくれてありがとう」その手でべつの草の葉をちぎる。「やっぱり二本あるほうが便利だわ」

「それはあげるよ。詩をやめてくれたらね」

「もらっていいの？」

「かまわないよ。じきに予備部品が豊富に入手できるところへ行けそうだし」

サーヤは青い空を見上げて静かに答えた。

「そうね。たぶん」

ロシュは長い沈黙にはいった。しかし、たえず聞こえるサーボモーターの小さな作動音から、じれているとわかる。とうとうまた言った。

「わかったよ。僕がこう言うのを待ってるんだね。〝降参だ。ネットワークはどうやって気がついたんだい？〟と」

「頭がいいからよ」

「いくら頭がよくても――」

「ネットワークの頭のよさは文字どおり計り知れない。この銀河だけじゃないのよ。わたしたちが知っているネットワークは、すべてのネットワーク精神が接続されたものだけど、じつはそれはネットワークの総体の一断面にすぎない」

「だとしても、きみがやろうとしていることをどうやって知ったんだい？　もしまちがえたら――」

「まちがえたら……どうだというの？　わたしの事例は、十億以上の星系でやっていることの一つのはず。ネットワークからの離脱や……混乱発生を防ぐ方策は十億通りが試されている。わたしたちは矮小で問題の渦中にいるから、出来事を過大評価しがちだけど、ネットワークにとっては日常茶飯事なのよ」

「僕らは矮小でたいした存在ではないというわけだね。でもきみの話によれば、その矮小で瑣末な一人が、ネットワーク最大の敵を倒したわけだ」

今度は本当に笑った。

「最大の敵？　ネットワークにとってのオブザーバー類は、わたしにとってのこの草の葉――いいえ、この草の葉についた一個のバクテリアにすぎなかったはずよ。バクテリア同士で見ればオブザーバー類は強大だった。それでも……五億年も虎視眈々と狙いながら、ネットワークの表面にひっかき傷一つつけられなかった。ネットワークが現在戦っている十億の敵のなかで、オブザーバー類は強大ともいえるし、塵にひとしいともいえる。まして あなたやわたしは完全な無よ。それでも、そうね、たしかにわたしはネットワークの手先に選ばれた」

ロシュはサーボモーターの回転音とともに首をかしげた。

「ネットワークが……きみにそう言ったのかい？」

「まさか。オブザーバー類がわたしの精神のなかで発見してもかまわないことだけよ。でもいま……ある意味で……理解したのよ」

「きみが言っているのは、つまり僕が何度生きても、なにをしても、無価値だということだね。だってつまるところ——」

「これは物語じゃないのよ、ロシュ」サーヤはまたべつの草の葉をちぎった。「この宇宙に大団円はない。すべてが丸くおさまり、だれもが永遠にしあわせになれるハッピーエンドはない。それでいて、自分がいてもいなくてもおなじ結果だったはずだという意見も、まちがいなのよ。たしかに、いなくてもおなじ結果になることはある。でもやっぱり、ネットワークが言うとおり、システムは動機によって動いている。銀河は機能したがる——そうでなくてはいけない。でないと……うまくいかない」

「いまのきみはネットワークが好きになったんだね」

「いいえ。ネットワークはあいかわらず耐えがたいクソ野郎よ。でも敵味方でいえばその味方。理由は、オブザーバー類も一つだけ正しいことを言っていたから」

「それは？」

「秩序は不自然だということ。すくなくともこの宇宙ではね。混沌がものごとの自然な状態。万物はそこから生まれ、そこへ帰る。でもわたしたちはそれに抵抗している。この摂理をいつか克服できるというありえない夢にしがみついている。その〝いつか〟は決して来ないとわかっているのに。なんらかの上位計画があってほしいと思うわ。でも実際にはわたしたちがいて、ネットワークと数千億の近傍の銀河があるだけ。そのすべてが――」

壁にぶつかったように言葉に詰まった。ロシュは見守っている。

「僕の好奇心はミリ秒ごとに高まっているよ」

サーヤは森をしばらく眺めてから、小声で訊いた。

「ネットワークはなぜ秩序をめざすのだと思う？」

サーボモーターがうなり、ロシュはすわったまま姿勢を正した。

「もっと大きな存在がいるかもしれないと？」

サーヤはすわって草の葉を次々とちぎりながら、頭に浮かんだことを何度も考えた。

「もしも……次のレベルがあって、そこではネットワークそのものが脳細胞にすぎないとしたら――」

また言いよどむ。

「それはなにを意味するんだい?」とロシュ。

意味するところを考えて、サーヤはごくりと唾を飲んだ。

「ほかの銀河もここととおなじように混雑しているとしたら、そちらも大なり小なりおなじ行動をとるはず。つまり、生物のように行動する。それらがあわさって巨大な宇宙サイズの精神を構成しているとしても、そこには悪者もいるはず。オブザーバー類のような。あるいは……人類のような。ただし銀河サイズの悪者よ。ネットワークはそんな近傍の銀河と戦わねばならないとしたらどうかしら。その破壊の規模は――」

またしても言いよどむ。自分が言っていることに自分の想像力が追いつかない。

「それでも」ロシュは言った。「きみの考え方によれば、最終的にはすべて無意味なんだよね」

サーヤは自分の考えにのめりこみすぎて、返事をできなかった。ちぎったばかりの草の葉を見ながら言う。

「オブザーバー類が真の敵だったのかしら。ネットワークで何百万年も起きていなかった戦争が、今回起きたのは偶然なの？」

「きみの種属が起こした戦争があるだろう」

「あれは戦争のうちにはいらない。瞬間的な不具合。ネットワーク反応よ。そして今回のことでさえ——」手を上にやって、悲劇の輝きをおおい隠す青空をしめす。「——戦争のうちにはいらない。これだけの規模でも、たんなる前哨戦かもしれない。これはネットワークの……予防接種なのでは？　銀河の免疫系を強化しているのでは？」

「興味深い仮説だね」

「恐怖の仮説よ」視線を空から地上へ下ろした。「オブザーバー類より邪悪で、オブザーバー類より強大ななにかが迫っているとしたら？　もうすぐ到着するのだとしたら？」

ロシュはしばらく考えて答えた。

「それはぞっとするね」

サーヤは草の上に背中を倒した。さまざまな可能性が頭のなかで渦巻く。空の上では悲惨な大殺戮が進行中だが……それもサーヤの内側でのことだ。いまこうして偽物の日差しを浴び、ブラックスターの軌道上にあり、展開する悲劇の下で寝ころんでいるのは、水採掘ステーションで低階層職への就職に悩むいつわりのスパール類ではない。死にかけた母を引きずってステーションを横断し、最後の最後で失った娘ではない。自分の生まれを知るために片腕を切り落としかけた人類ではない。このブラックスターをネットワークから切り離した破壊者ではない。オブザーバー類を一カ所におびき寄せて殺したネットワークの手先ではない。ここで草の上にすわり、多数の人々が死んでいる現在をよそに、未来について考えるだれかですらない。それらすべてであり、それ以上。単一の体に多数の存在が重なっている。

彼女は彼女だ。だれでもそうであるように。

なにかがぶつかる音や歓声がまじりあい、森の奥からだんだん近づいてくる。無視できないほど大きくなったので、サーヤは起き上がり、振り返って、がさがさと揺れる下生えを見た。そこが分かれて、マーが六本の腕と脚で出てきた。その毛皮は凝固した血で汚れている。その頭の定位置にはサンディがすわっている。背中には五、六人のオブザーバーがまたがって歓声をあげている。

ロシュがそちらを顔でしめした。

「ほら、言ったとおりだ」

歓声はぴたりとやんだ。オブザーバーたちがサーヤの姿をみつけたからだ。彼らはマーの背中から滑り下り、巨体の背後に隠れた。そして横や太い脚のあいだから顔だけを出してのぞいている。頭の上のサンディは忙しくまばたきしている。

「動物を二頭しとめたぞ！」マーは言った。「それも大形のだ。このチビどもに狩りのしかたを教えた。昔みたいに命知らずじゃなくなったから、みんな森のなかに隠れてる」

「当然だろう」ロシュはつぶやいた。

サーヤはそのロシュの昔の手で指さした。

「ほら、やっぱりわたしを怖がってるみたい」

マーは数メートル手前で足を止め、血をなめて毛づくろいをしながら言った。

「そうなんだ。こいつらはその話をしてる。どうやらおまえのことをみんな憶えてるらしい。どういうことだかわからんが」

「わたしを憶えてる？」

「そうだ。おまえの話題でもちきりだ。まるで——」言葉に詰まり、顔にしわを寄せて考える。結局あきらめた。「わからん。言葉が出てこない。でもひっきりなしにしゃべってるぜ。勇壮な戦いについて。灰色の空の下、銀色の海の上……とかなんとか。まるで叙事詩だ」

するとロシュが笑いだした。

「彼らはきみを怖がってるんじゃない。崇拝してるんだよ」

サーヤは目を丸くした。

「女神さま……なんてこと」

「それだ。女神ってやつだ」マーが言った。

サーヤはまた草の上にばたりと倒れて、両手で顔をおおった。指のあいだからうめいて、また「女神さま……」とつぶやく。しかしもうおなじ意味では口にできない言葉になった。

隣にマーが腰を下ろしたのが地面の震動でわかった。生ぬるいものが飛んできてかかる。

「ちょっと、やめてよ」

サーヤは両手で顔をおおったまま言った。マーは毛皮をなめながら訊いた。

「このあとはどうするんだ？　上にいるんだろう、同胞が」

サーヤはため息をついた。

「そう」

「行って会うのか？」

またため息。

「いずれね」

ロシュが黒い親指でサーヤをしめした。

「きみにも聞かせたかったよ。彼女の恐怖の仮説を」

「恐怖は好きだぜ」とマー。

「そんな程度じゃないのよ」サーヤは言った。

「あなたは本当の恐怖を知らない」

サーヤは知っている。自分は銀河で一片の塵でしかないのに、その銀河は宇宙で一片の塵でしかない。その宇宙もたいして大きくはない。サーヤは無限の空の下で宇宙を掌中におさめ、意外な小ささに驚いたのだ。ありえないほど多くの死を見たのに、まだなにも見ていないとわかる。現実ははるかに大きく、そして想像よりも小さい。自分はすべてであり、同時に無でもある。

彼女はサーヤ。娘であり、破壊者であり、なにも恐れない。

謝辞

淑女と紳士と毛玉と怖いアンドロイドと法定内と法定外の知性体とその他もろもろのみなさん。いまお読みになられたのは私の人生の四年半です。四年半分の妄執といっても過言ではありません。人によっては数時間で読み終えたかもしれません。いかがでしたか？楽しんでいただけたのなら――いただけなかったとしても――これが独力の産物でないことを知っていただけるとさいわいです。

四年半前、私はビルバオ郊外のサービスエリアのカウンターで友人のケビン・グロースと話していて、人間を超えた知性についての議論に熱中しました。興奮してすぐさま一ユーロのメモ帳を買い、ツアーバスの後部座席で書きはじめました。そして最終的に二百五十万語も書くはめになりました。みなさんのお手もとにあるのはその一部です。

小説執筆の熱病にかかったことを初めて打ち明けたのは六カ月後のことです。この罪深い秘密を最初に知ったのは、妻でパートナーのタラです。職業は学校教師で、執筆過程でさまざまなことを教えてもらううえで有利でした。私が狂乱状態のときも彼女は冷静に結婚生活の一翼をにない、娘たちを飢えさせませんでした。それどころか大きく立派に育てたことは絶賛にあたいします。

そして娘たち！　娘のロンドンとブルックリンは、この小説を書きはじめたときは小さかったのに、書き終えるころには執筆の助言をしてくれるようになりました。ロンドンは、「物語ではかならず事件が起きるのよ」と言います。そんな彼女が話す物語はたいてい孤児と宇宙人が登場しますが、どこからそんな題材を借りてきたのかは不明です。ブルックリンは物語を絵に描きました。「宇宙人はたくさん目があるのよ」と話し、こちらが理解できないと図解してくれます。父娘がおなじ結論に至ったのは不思議なことです。

時系列順では、次はダン・フーパーです。彼は正真正銘の科学者で、私の宇宙論がらみの質問に答えて、さらにエージェントとなるインクウェル社のチャーリー・オルセンを紹介してくれました。そしてチャーリー！　彼は最初に「第一階層」を読んで出版の可能性を見いだしてくれた人物です。「私と契約してくれ。これでドイツで二冊分の契約をとれたも同然だから」と彼は言いました。もちろん提案にのり、後悔しませんでした。チャーリーはこれを本にする編集者に紹介してくれました。それがペンギン・ランダムハウス社のジュリアン・パビアです。

ジュリアンはたぶんいまも私の〝ちょっとした手直し〟をまえに首を振っているでしょう。彼は文芸界の無慈悲なヒットマンです。その仕事ぶりを説明するなら、二年間に私の草稿を四本も惨殺したといえば充分でしょう。銀河レベルの難題をこのようにあっさり解決する人物をほかに知りません。とにかく、大切な作品をジュリアン・パピアに殺される機会があったら、ぜひそうするべきです。

次は四人委員会です。本書の草稿を一つ残らず——パピアに殺される機会すらなかった短命なものもふくめて——読んで意見をつけてくれた人々が四人います。サム・ホバーは著者が気づかないプロットの穴をみつけるのが得意でした。そしてイレブンをあいう運命にした私を決して許さないでしょう。マイケル・ホバーには歴史的視点があり、非常識なうえにも非常識なアイデアを探す手伝いをしてくれました。トニー・フィオリトは、人工知能の健全な恐怖を教え、さらにわたしの近影を撮影し、最初のファンアートを描いてくれました。ジーナ・フィオリトはネットワーク知性体を中心に、とくに性同一性の分野を見てくれました。人類として心から委員会に感謝します。

次は家族です！　両親のマークとデニーズ・ジョーダン。牧師として、また著述家として、創造性のなんたるかを教えてくれました。そして息子がロックスターをめざして（挫折しましたが）大学を中退したときも、なぜか怒りませんでした。床をはいはいしていたころから私をはげましつづけ、いまもそうしてくれます。兄のニックはいくつかの草稿を読んで没にし、私の狂乱状態がひどくなるたびに電話をくれました。姉のエミリーはどんな障害が起きても乗り越える方法を教えてくれました。弟のベンはいつも奇妙なことを調べるきっかけをくれました。義理の兄弟姉妹であるジャレット、メル、マリアは、わが家で創作の神が荒ぶるたびに娘たちを保護してくれました。みんなありがとう。

創作といえばビンス・プロースをまだ紹介していませんでした。かぞえきれないプロジェクトの協力者である彼の描いたウィドウ類のシェンヤ、マー、ロシュ、娘のサーヤ、その他のすばらしい絵は、現在私のサイト（TheLastHuman.com）に掲載しています。ウィドウ類と幼児の関係がどんなものかをご覧になりたければぜひどうぞ。

ほかには？　もちろん長いリストがありますが、ここでは没になった哀れな草稿を読んでくれたその他の人々の名前を挙げるのにとどめます。スティーブ・マクソン、アーチー・イースター、ダスティン・アドキソン、アーロンとジェイミー・ジョンソン、ロブ・デイリーに感謝しています。ここに名前を挙げていなくても忘れたわけではありません。私の奇妙なキャリアを気にかけ、応援してくれるすべての人々に感謝しています。

そして最後にあなた。この本を手にしてくれた方へ。買う（あるいは借りる、盗むなどいろいろな）価値があり、読む価値があると考えて、実際に最後まで読んでこの短い挨拶文にたどり着いてくれた方。そのことに感謝します。そして約束します。冒険ははじまったばかりです。またお会いしましょう。ネットワークのどこかで！

ザック・ジョーダン

二〇二〇年一月一日
シカゴにて

訳者あとがき

本書の原題は *The Last Human* で、邦題もそのまま『最終人類』です。といっても寂しい話ではありません。ありとあらゆる宇宙種属がひしめく、にぎやかで混雑した銀河社会が描かれます。ただしそのなかで主人公の少女はまぎれもなく〝最終人類〟。人類は銀河社会から駆逐され、絶滅していて、少女はその最後の生き残りなのです。

人類は銀河の汚点、黒歴史というべき種属で、口にするのもはばかられるほど忌み嫌われています。そのため少女は自分が人類であることをおおやけにできず、べつの少数種属と身分をいつわって生活しています。

少女の名前はサーヤ。しかしこれも人類としてつけられた名前ではありません。外骨格で多脚多関節という異形で凶暴な性格の種属、ウィドウ類の養母に育てられ、その種属の名前をつけられています。

銀河社会の一般的な種属は幼少のうちに脳にインプラントをいれ、これによって社会を緊密につなぐ情報網、ネットワークに接続します。それぞれ独自に進化してきた種属は言語もコミュニケーション手段もさまざまですが、ネットワークがこれらを媒介、通訳することで多種属間のコミュニケーションを成立させています。

しかし少女は人類であることが医学的に露呈するのを恐れて、インプラント手術を受けられません。そのためネットワーク情報は原始的な手段でしか見ることができません。知性の低い種属と分類されているために差別され、コミュニケーションもろくにできずに孤立した学校生活を送る少女。そんな彼女に、ある日母から、より高度なネットワーク機能を実現する装具、ネットワークユニットがプレゼントされます。それまで狭かった少女の世界は、これをきっかけに急速に広がりはじめます。人々が息をするように享受しているネットワークとはどんなものか。それを介することで成立している多種属の銀河社会と知性体の階層とはなにか。そしてその先に……絶滅に追いこまれた人類の謎を追っていくことになります。

これが物語のスタート地点ですが、この銀河ネットワーク社会の基本である知性階層とその用語を説明しておきましょう。

この銀河ネットワークは知性水準による階級社会になっています。その知性の由来が生物か機械かは問われません。機械であっても充分な水準の人工知能を搭載していれば、相応の人権が認められます。その分岐点が一・八階層。これ未満は法定外と呼ばれ、ネットワーク市民権は持てません。機械なら所有され、使役される補助知性体のあつかいになります。

一・八階層以上の知性があれば、法定内と呼ばれて、ネットワーク市民として法的に保護されます。機械でも所有対象にはならず、自由意志で行動できます。

主人公のサーヤは人類なので、実質は二・〇階層程度の知性を持っているのですが、身分をいつわるために、ぎりぎり法定内である一・八階層そこそこの種属としてネットワーク登録されています。そのため学校卒業後の就職先も制限され、低階層者用の頭を使わない肉体労働にしか就けません。きびしい階級社会です。

知性階層にはもっと上もありますが、物語に登場するのは第三階層から第四階層くらいまで。第五階層以上も銀河にはいるらしいのですが、話の通じる相手としては基本的に登場しません。たとえば人間とバクテリアのあいだで言語を媒介する翻訳機があったとしても、会話は成立しないでしょう。第二階層の主人公から見て第五階層以上は、逆の立場でそういう相手ということです。

著者のザック・ジョーダンにとって本書はデビュー作であり、おそらく初めて本格的に書いた小説だと思われます。巻末の謝辞で認めているように、学歴は大学中退。美術、音楽、哲学をすこしずつかじったとのこと。職歴としてはビデオゲームの『World of Tanks』や『F.E.A.R.』に参加したり、インディーズゲームを制作したり、U.S.Killbotics名義で音楽アルバムを出したりしています。そんないわゆるアーティストの彼が、突然、小説執筆の虫にとりつかれた経緯は、謝辞の冒頭に説明されているとおりです。ツアーバスの後部座席で紙のメモ帳に書きはじめて、出版にこぎつけるまで四年半。最終的に二百五十万語も書くはめになったと記しています。ちなみに完成版である本書は原書で十三万語くらいです。

アメリカの著名な書評誌《カーカス・レビュー》は本書を、「欠点があるものの」という但し書きつきで、「ときとして瞠目させられるSF冒険作品」と評しています。欠点というべきか、たしかに勢いにまかせて書かれた初長篇に特有の弱点はあります。しかし才能豊かな若い作家による、いわゆる若書きの長篇には、完成度がたりないところもふくめて独特の魅力があるものです。

まず本書は前半と後半でかなり印象が変わります。前半、つまり上巻は、おそらく「おかしな宇宙人たちとわちゃわちゃ楽しく冒険する銀河スペースオペラ」に見えるでしょう。異星種属の住民たちは（どうやら意図的に）映像化も感情移入もしにくい異形の姿に描写されていますが、話してみると意外と親しみやすく個性的で、彼らがひよわな人類の少女と連れだってネットワーク銀河を旅する姿は、それはそれで楽しいスペースオペラです。しかし、《カーカス・レビュー》が「瞠目させられる」と評した本書の神髄は後半にあります。

著者は謝辞のなかで、超人間知性についての議論がきっかけでこの小説を書きはじめたと明かしています。そのとおり、この作品のテーマは銀河に広がる超人間知性を大きなスケールで描くことです。高性能のネットワークユニットを母から贈られたことをきっかけに広がりはじめた主人公の視野は、第一章から最終章まで連続的に広がりつづけます。この作品のテーマが本格的に描かれる後半は、たんなる楽しいスペースオペラではなく、「超人間知性の階層と銀河の広大さを強烈な遠近法で描く宇宙SF」というべきでしょう。

高階層の知性体と接触するたびに蒙を啓かれ、銀河の構造と自分の存在について認識を新たにしていく主人公。認識の次元が上がるたびに、ミステリーのどんでん返しのように敵味方がいれかわる展開。本書の本当の魅力はこの下巻にあります。

2000年代海外SF傑作選

橋本輝幸編

独特の青を追求する謎めく芸術家へのインタビューを描き映像化もされたレナルズ「ジーマ・ブルー」、東西冷戦をSFパロディ化したストロス「コールダー・ウォー」、炭鉱業界の革命の末起こったできごとを活写する劉慈欣《リウ・ツーシン》「地火《じか》」など二〇〇〇年代に発表されたSF短篇九作品を精選したオリジナル・アンソロジー

ハヤカワ文庫

2010年代海外SF傑作選

橋本輝幸編

〈不在〉の生物を論じたミエヴィルのホラ話「〝《ザ・》〟」、ケン・リュウによる歴史×スチームパンク「良い狩りを」、仮想空間のAI生物育成を通して未来を描くチャンのヒューゴー賞受賞中篇「ソフトウェア・オブジェクトのライフサイクル」など二〇一〇年代に発表された十一篇を精選したオリジナル・アンソロジー

訳者略歴　1964年生，1987年東京都立大学人文学部英米文学科卒，英米文学翻訳家　訳書『サイバー・ショーグン・レボリューション』トライアス，『荒潮』陳，『ネクサス』ナム，『神の水』バチガルピ（以上早川書房刊）他多数

HM=Hayakawa Mystery
SF=Science Fiction
JA=Japanese Author
NV=Novel
NF=Nonfiction
FT=Fantasy

最終人《さいしゆうじん》類《るい》

〔下〕

〈SF2321〉

二〇二一年三月二十日　印刷
二〇二一年三月二十五日　発行
（定価はカバーに表示してあります）

著者　ザック・ジョーダン
訳者　中《なか》原《はら》尚《なお》哉《や》
発行者　早川　浩
発行所　株式会社　早川書房
郵便番号　一〇一‐〇〇四六
東京都千代田区神田多町二ノ二
電話　〇三‐三二五二‐三一一一
振替　〇〇一六〇‐三‐四七七九九
https://www.hayakawa-online.co.jp

乱丁・落丁本は小社制作部宛お送り下さい。
送料小社負担にてお取りかえいたします。

印刷・株式会社亨有堂印刷所　製本・株式会社川島製本所
Printed and bound in Japan
ISBN978-4-15-012321-5 C0197

本書は活字が大きく読みやすい〈トールサイズ〉です。